이별하는
방법을
가르쳐줘

SAYONARA NO SHIKATA O OSHIETE

© Misaki Ichijo 2024

First published in Japan in 2024 by KADOKAWA CORPORATION, Tokyo.
Korean translation rights arranged with KADOKAWA CORPORATION,
Tokyo through Danny Hong Agency.

이별하는
방법을
가르쳐줘

이치조 미사키 지음
김윤경 옮김

일러두기

1. 외래어는 국립국어원의 외래어 표기법을 따랐으나
   일반적으로 통용되는 경우에는 관용에 따라 표기했습니다.
2. 본문 괄호 안의 설명은 옮긴이 주입니다.
3. 본문 속 볼드체는 원서에서 방점으로 강조한 부분입니다.

차
례

생각해 보면, 그녀와 만난 순간부터 이렇게 될 줄 알고 있었다.

그녀와 나는 함께 있어선 안 된다. 헤어져야 한다.

하지만······. 그 결심이 서질 않았다.

괴롭고 슬퍼도 함께 있는 게 좋았으니까.

나는 그녀와 마주하면서 많은 걸 알게 되었다.

세상에는 어쩔 수 없이 잊히는 것이 있다. 그래도 잊어선 안 되는 것이 있다. 잊으면 안 되는 일이 수없이 많다.

이른 건지 늦은 건지는 모르겠다. 하지만 이제야 겨우 결심이 섰다.

"안녕. 너를 만나서 행복했어"

이것은 내가 그녀를 만나 이별할 때까지의 이야기다.

희극도 비극도 아니다. 틀림없이 내게는 현실의 이야기다.

히구치 유 I

1

때로는 간절히 원한다. 내 마음대로 되는 세상이었으면, 하고.

모든 걸 갈망하는 건 아니다.

그 세계에서 난 아무것도 잃지 않고, 아무도 마음 상하지 않으며, 누군가와 누군가의 사이가 틀어지는 일이 없을 뿐더러 소중한 사람을 잊는 일도 없다.

그렇게 내가 원하는 대로 되는 세상이다.

누구나 소중한 걸 잃고 싶어 하지 않고 사랑하는 사람을 과거로 떠나보내고 싶어 하지도 않는다.

너무 이기적인 걸까. 아무도 그런 걸 바라지 않는 걸까.

그렇게 내 맘대로 되는 세계가 이루어지지 않는다면,
적어도…….

　　　　　　　　　　　***

　　월요일 아침, 주말을 끼고 나흘 만에 등교했더니 희한
한 일이 벌어져 있었다.

　　창가 맨 뒷자리에 모르는 여학생이 앉아 있다.

　　그곳은 원래 다른 여학생의 자리였다. 나 못지않게 툭
하면 결석하는 아이로, 반 아이들 몇몇은 그 애의 험담을
하며 수군거렸다.

　　지금 그 자리에 처음 보는 여학생이 앉아 있다.

　　내 옆자리였기에 의아해하면서도 발걸음을 옮겼다.

　　"아……, 혹시 옆자리야?"

　　의자를 끌어당겨 앉으려는데 처음 보는 그 여학생이 내
게 물었다. 머리가 길고 꽤 예쁜 아이였다. 나는 의자에 앉
으며 대답했다.

　　"맞는데, 왜? 그보다……, 넌 누구야?"

　　"아, 미안해. 갑자기 말 걸어서."

　　"괜찮아. 근데, 그 자리는……."

그렇게 대화를 주고받다가 문득 묘한 느낌에 사로잡혔다. 시선을 돌려 주위를 둘러보았다.

쥐 죽은 듯 조용한 교실에 불온한 긴장감이 감돌고 있었다.

반 아이들이 놀란 듯이, 그리고 의아해하는 눈빛으로 나를 바라보았다.

"어? 왜 그래?"

눈앞에 있는 그 여학생은 이런 분위기를 알아차리지 못했는지 다시 내게 말을 걸어왔다.

담임 선생님이 들어와 조회가 시작되었다. 선생님은 이 여학생에 대해 아무런 설명도 하지 않았고 나를 흘끔 쳐다보고는 출석을 확인하더니 담담히 연락 사항을 전달하셨다.

조회가 끝나고 선생님이 교실에서 나갔다. 수업이 시작될 때까지 시간이 조금 남아 있었다.

친구가 있었다면 이 여학생이 누구인지 물어봤을 텐데 나는 고등학교에 들어온 뒤 그 누구와도 친분을 쌓지 않았다. 특히 지금은 더 심해져서 고등학교 2학년이 되었는데도 이야기할 상대조차 없었다.

"저기, 지난주에 학교 안 왔지?"

수업 준비를 하고 있는데 옆자리 여학생이 또 말을 걸었다.

"아아, 응. 그런데……."

"감기라도 걸린 거야?"

"아니, 그냥 땡땡이."

땡땡이. 예전의 나였다면 상상할 수도 없는 일이었다. 과거의 나는 성실하려 노력했고 가능한 한 사람들에게 상냥하게 대했다.

언뜻언뜻 지금의 한심한 내 모습을 볼 때마다 스스로도 멈칫 놀라곤 한다.

대체 나는 언제부터 이런 나 자신을 허용한 걸까.

이런 생각을 하며 그 여학생과 마주 보고 있자니 다시 교실 분위기가 묘하게 바뀌었다. 기분 탓이 아니라 진짜로 반 아이들이 의아한 표정으로 나를 쳐다보고 있었다.

"뭐야, 땡땡이였어? 꽤 대담하네. ……어?"

이야기를 멈추고 그 애에게서 시선을 떼었다. 선생님이 들어오고 1교시 수업이 시작되었다.

이 애가 누군지는 모른다.

어중간한 시기에 전학 온 학생일 수도 있고, 아니면 그런 존재일지도 모른다.

하지만 만약 전학생이라면 반 아이들이 이 애를 가만히 내버려둘 리 없다. 외모가 예쁜 데다 성격도 밝아 보이는 걸로 보아 남학생, 여학생 모두에게 인기가 많을 타입이다.

그런데 반 아이들은 이 애한테 전혀 눈길을 주지 않았다.

이 애는 마치……, 아무에게도 보이지 않는 사람처럼 취급받고 있었다.

"월요일은 7교시랬나? 하루가 너무 길어서 힘드네."

이런 상황에서도 그 애는 왠지 나한테만 말을 걸었다. 물론 수업 중에는 아무 말도 하지 않았지만 쉬는 시간만 되면 친근하게 말을 걸어왔다.

대답하면 오늘 아침처럼 교실 분위기가 싸늘해질 것 같아서 못 들은 척했다.

"혹시나 해서 묻는 건데, 내가 안 보이니?"

그렇지만 이 애는 포기하지 않았다. 나도 모르게 얼굴을 돌리고 말았다.

"아, 드디어 날 봐줬어. 다행이야. 보이지 않는 건 아니었어."

천진한 표정으로 웃는 그 애를 아무 말 없이 바라보았다.

대체 누굴까. 왜 아무도 관심을 두지 않는 거지?

궁금해하고 있는데 문득 과거의 한 장면이 내 귀에 대고 속삭였다.

이제 다시 돌아볼 일은 거의 없지만 아주 오래전 내게는 여자 '친구'가 있었다.

초등학생 때였다. 아이들에게 괴롭힘을 당하고 외톨이가 되었을 때 그 아이가 갑자기 내 앞에 나타났다.

지금처럼 아무하고도 이야기하지 않고 지내던 나에게 다가와 말벗이 되어주었다.

지금 눈앞에 있는 이 아이는 약간 그때의 그 '특이한 친구'와 비슷하다.

"너는……."

입을 연 순간, 반 아이들이 '혼자 중얼거리는 기분 나쁜 애'라고 수군거리던 목소리가 뇌리를 스쳤다. 더는 교실에서 괜한 일로 주목받고 싶지 않았다.

교실 밖으로 나오라고 손짓해 보이자 그 애가 알아차린 모양이다. 쉬는 시간이 길지는 않았지만 아이들이 거의 다니지 않는, 근처의 연결 복도 쪽으로 걸어가며 물었다.

"근데 넌 누구야?"

"아, 아직 내 소개를 안 했구나. 아리마라고 해. 지난주에 전학 왔어."

내가 관심을 보인 게 기뻤는지 그 애는 싱글싱글 웃으며 말했다.

"그랬구나. 보통 전학 잘 안 오는 시기에 왔네."

"혹시나 해서 말인데."

"응?"

"나, **누군지 알아?**"

내 표정을 살피며 묻기에 마음속에 공백을 두었다.

상상……. 그런 말이 튀어나오려 했지만 재빨리 집어삼켰다.

"우리가, 어디서 만난 적이 있나?"

"아니, 없어. 없을 거야."

자기가 질문하고서 그 애는 밝은 표정을 짓고 있었다.

애 뭐지? 하는 생각이 들지 않을 수 없다.

"그럼, 왜 물어본 거야?"

"으음. 그렇게 물어보는 게 취미라고나 할까."

"……독특하군."

"고마워."

꼬박꼬박 대답하는 그 애를 다시 한번 쳐다보았다.

유치한 표현일지 모르지만 정말로 그림같이 어여쁜 아

이였다.

이목구비가 또렷하고 윤기를 머금은 긴 머리카락도 예뻤다. TV 광고나 영화 속 장면들의 조각을 모아 만든 것처럼 그 누구의 마음속에도 깃들어 살 법한 아름다운 소녀다.

이런 아이가 느닷없이 전학을 와서는 나에게만 말을 걸다니, 무슨 일이지?

"이름이 뭔데?"

"아리마."

그 애는 들어본 적이 있는 것도 같고 없는 것도 같은 성을 다시 알려주었다.

"성 말고 이름 말이야."

"이름은……, 호노카. 아리마 호노카."

"왜 잠깐 멈칫했어? 설마 정체를 감추고 있는 연예인인가?"

"연예인은 무슨, 별다른 의미는 없어. 그러는 넌, 이름이 뭐야?"

"나는 히구치. 히구치 유."

그러고 보니 이런 자기소개도 참 오랜만이다. 지금과 같은 인생을 외롭다고 느낄 때도 있지만 절반 이상은 포기했다. 사람은 크게 두 부류로 나눌 수 있으니까.

잃지 않은 사람 그리고 잃고 만 사람.

나는 후자였다. 열정이나 꿈 혹은 변하지 않는 거라든가, 그런 거…….

"히구치구나. 너한테 부탁이 있는데."

"뭐, 부탁?"

"이것도 인연인데, 나랑 친구가 되지 않을래?"

"너랑?"

그런 대화를 나누고 있는데 수업 종이 울렸다.

내가 다니고 있는 학교는 공립 입시 명문 고등학교인데 교사들은 학생에게 별로 관심이 없다. 정확하게 말하면 관심은 있으나 모의고사 결과나 지원 가능한 대학 같은, 성적에 관한 게 전부였다. 수업에 다소 늦더라도 별 잔소리는 듣지 않겠지만 아리마를 재촉해 교실로 돌아왔다. 그리고 한 번 더 확인했다. 역시 아리마는 교실에서 투명인간이나 다름없는 존재였다.

아무도 말을 걸지 않았고 돌아보는 일조차 없었다.

본인도 그런 주위의 반응에 전혀 신경 쓰지 않는 듯했다. 맑은 물속을 유유히 헤엄치는 아름다운 물고기처럼, 투명한 존재로서 당당하게 지냈다.

선생님이 교실로 들어오고 2교시 수업이 시작되었다.

이 현상이 과연 뭘까. 왠지 모르겠지만 아리마는 마치 공기 같은 존재였다.

솔직히 이유를 알고 싶은 마음은 없다.

초등학교 저학년 때 나도 심하게 따돌림당한 경험이 있어서 애들이 괴롭히는 데는 딱히 특별한 이유가 없다는 것을 잘 알고 있었다. 그래서 굳이 알아보고 싶지 않았을뿐더러 아리마가 파헤치는 것도 원치 않았다.

그보다 나는 생각해야 할 다른 일이 있으니까.

가령 원래 내 옆자리에 앉았던 여학생 일이라든가. 아리마가 갑자기 전학을 와서 앉을 곳이 없으니 일시적으로 그 여학생의 자리를 사용하게 된 걸까. 과연 그런 일이 있을 수 있나.

혼란한 마음으로 수업을 들었다. 불현듯 전학생 아리마 호노카라는 애는 애당초 존재하지 않는 것이 아닐까, 라는 생각이 들었다.

내가 보고 있지 않을 때 그 애는 없다. 보고 있으니까 그 애가 있다.

분명 그런 유명한 사고 실험이 있다고 들었다.

혹은 어쩌면 모두가 어릴 때 막연하게 생각해 봤을지 모른다.

자신이 보고 있지 않을 때 사실 세계는 멈춰 있는 것이 아닐까, 존재하지 않는 것이 아닐까.

내가 생각해도 어이가 없었지만 그런 유치한 생각을 하면서 순간적으로 아리마에게 시선을 돌렸다.

내가 보고 있을 때 그 애는 존재한다.

그 애는 내 시선을 알아차리고는 뭐가 기쁜지 활짝 웃었다.

"그래서, 아까 그 얘긴 생각 좀 해봤어?"

2교시 수업이 끝나고 쉬는 시간이 되자 시끌벅적해진 교실에서 아리마가 물었다.

교실 안에서 얘기했다가는 또 분위기가 이상해질 것 같아서 아리마를 데리고 복도로 나왔다.

"있잖아. 너 말이야."

평소에는 사용하지 않는, 아무도 드나들지 않는 빈 교실로 가서 그 애와 마주 섰다.

"너 진짜……, 누구야?"

"응? 전학생인데."

내 물음에 아리마는 어리둥절한 표정을 지었다.

"왜 그 자리에 앉은 거지?"

"왜라니······. 예전에 있던 애, 학교 그만둔 거 아냐?"

"누가 그래?"

"선생님."

"당분간 못 나오는 게 아니고?"

"그게 무슨 뜻이야?"

"아니······. 내가 더 제대로 했더라면 그 애는 지금도 학교에 다니고 있었을지도 모르거든. 학교를 그만뒀다는 건 그냥 소문인 줄 알았어. ······미안, 갑자기 이런 얘길 해서."

첫 대면이나 다름없는 상대에게 나는 무슨 얘길 하고 있는 건가.

우물쭈물 말도 제대로 못 하는 신통찮은 애라고 생각할까?

"아, 그랬구나."

하지만 아리마는 아무렇지도 않게 대답하더니 문득 부드러운 미소를 지어 보였다.

"넌 참 자상한 애야."

나는 순간 정색했다.

"아냐, 그렇지 않아."

"왜?"

"나약한 거랑 자상한 걸 많이들 혼동하니까. 진짜로 자상한 사람은 강한 사람이야. 나는 나약하니까 자상함과는 거리가 멀고."

아까부터 안 지 얼마 되지도 않은 애한테 무슨 말을 하고 있는 걸까. 나답지 않다.

이렇게 누군가와 이야기하는 게 오랜만이어서 그런가.

그게 설령……, 잘 모르는 상대라 해도.

"넌 자상한 마음을 중요하게 여기는 거구나."

그 잘 모르는 상대가 입가에 미소를 머금고 말했다.

내리깔고 있던 눈을 들어 상대를 보았다.

"그렇잖아? 중요하지 않다면 그렇게 정의 내리거나 반박하지 않아. 아무래도 상관없는 일이라고 그냥 흘려듣겠지. 게다가……."

"그만 좀 하지!"

나는 아리마의 말을 가로막았다.

"네가 나에 대해 뭘 안다고 그래!"

설마 내가, 이런 진부한 대사를 읊으리라고는 상상도 못 했다.

심지어 상대는 오늘 처음 이야기한 사람이다.

유치하고 반항적인 말투로 상대의 입장을 배려하지 않고 거침없이 굴고 있다.

"난, 알아."

분명 이런 나에게 거부감을 보일 줄 알았는데, 아리마
는 진지한 어조로 대답했다.

"너에 대해서. 아마 이 학교에서 가장 잘 알걸."

그럴 리가 없…….

"왜냐하면 난……."

내가 뭘 생각하고 싶은 건지, 뭘 생각해야 할지 몰라 머
뭇거리는 사이에 그 애는 말을 계속했다.

"너랑 친구가 되려고 여기에 있는 거니까."

순간, 나는 숨 쉬는 걸 잊을 정도로 당황했다.

나랑 친구가 되려고, 여기에 있다고?

별안간 나타나 웃으며 말을 걸고, 다른 애들한테는 보
이지 않는 존재로 취급당하면서…….

그건 마치—

"이렇게 말하면 친구가 되어줄 거야?"

또다시 생각에 빠져 있는데 그 애는 농담처럼 말하며
웃었다.

그 순간 내가 한심하게 느껴졌다. 진지하게 생각한 게

바보 같지 않은가.

"……혹시 말이야, 내가 학교에 안 나오는 동안 반 애들하고 뭔가 꾸민 거 아냐?"

"응? 꾸미다니……."

"애들한테 무슨 말 들었어? 내가 친구도 하나 없고 혼잣말을 중얼거리는 이상한 놈이라고. 그런 날 놀리려고 모두 짜고서 네가 안 보이는 것처럼 행동하고……. 너랑 내가 친구가 되는 순간에 주제를 모르느니 어쩌니 하며 다 같이 비웃으려는 거 아니냐고."

"그런 거 아냐. 그럴 생각도 없고."

아리마는 놀라면서도 뭔가 충격을 받은 듯한 표정으로 대답했다.

나는 더 이상 눈을 마주 볼 수가 없어서 시선을 피했다.

"농담만 하는 사람, 난 별로 신뢰하지 않아. 넌 친구가 필요할 뿐인지 몰라도……. 난 후보에서 빼주라. 날 그냥 내버려둬."

나는 그렇게 말하고 혼자 빈 교실을 나왔다.

복도에는 젊음으로 빛나는 아이들이 무리를 지어 걸어가고 있었지만, 나는 그곳에서 멀리 떨어진 채 오늘도 혼자였다.

2

"아······. 안녕. 히구치."

다음 날, 교실로 들어섰을 때 아리마가 옆자리에 앉아 있었다.

기묘하게 들릴지 모르지만 아리마는 이제 없을 줄 알았다. 아니면 있더라도 다시는 말을 걸지 않을 거라고 생각했다.

어제 친구가 되어달라는 아리마의 부탁을 거절한 뒤 혼자 시간을 때우다가 교실로 돌아왔을 때 그 애의 모습은 보이지 않았다.

수업이 시작되고도 나타나지 않았다. 옆자리는 줄곧 텅비어 있었다.

반 아이들은 그 애가 없다는 것을 딱히 신경 쓰지 않는 듯했다.

존재 자체가 환상이었던 것처럼 아리마는 홀연히 모습을 감췄다.

그 아리마가 인사를 하는데도 나는 어제와 마찬가지로 모르는 척 무시했다. 이윽고 여느 때처럼 조회가 진행되고 수업이 시작되었다.

쉬는 시간이 되어도 아리마는 내게 말을 걸지 않았다.

나는 수업 중에 머리를 식히다가 어떤 사실에 생각이 다다랐다.

아리마가 모두와 짜고 나를 웃음거리로 만들려고 했을 리가 없다. 고작 나 한 사람 골려 먹자고 그런 일을 꾸미기엔 공이 너무 많이 든다. 수지 타산이 맞지 않는다.

아리마는 단지 선한 사람이라 타인을 즐겁게 해주려고 농담을 하는 것이며 때로는 그게 과장될 경우가 있는 거 아닐까. 어제 한 말도 그런 의도였을 것이다.

하지만 그렇다고 해서 뭘 어쩌라고! 이제 와 사과하고 친구가 되기라도 할 건가?

자문자답하고 있는 동안에도 시간이 흘러 어느새 점심 시간이 되었다.

점심시간에 교실에 있자니 숨이 콱콱 막힌다. 산소가 부족하다. 물속에서 표면으로 올라가 산소를 갈구하는 물고기처럼 나는 크게 숨을 들이마시려고 열쇠를 손에 들고 옥상으로 향했다.

선생님 몰래 복사해 둔 열쇠로 문을 열고 옥상으로 나갔다.

높은 난간이 둘러 있지 않아 뷰가 끝내준다. 바람이 잠

잠해서 조용하다. 원하던 대로 크게 숨을 들이마셨다. 이
곳에는 나와 푸른 하늘밖에 존재하지 않는다.

어디서 누가 날 볼지 몰라 평소에는 옥상에 올라와도
꼼짝하지 않았다. 하지만 문득 내가 없을 때 아리마가 어
떻게 지내는지 궁금했다.

옥상의 한쪽 끝으로 걸어가 우리 반 교실을 들여다보았
다. 마침 창가 자리가 보였다.

맨 뒷자리에 아리마는 없었다.

나와 마찬가지로 혼자만의 공간을 찾아간 걸까. 아니
면…….

오후에도 여느 때와 다름없이 수업이 진행되었다. 아리
마가 어제처럼 도중에 사라지지 않을까 생각했지만 오늘
은 끝까지 수업을 다 들었다.

이제 당연한 듯이 반 아이들은 아리마에게 눈길조차 주
지 않았다.

이런 시간 속에서 작은 사건이 일어난 것은 다음 날 방
과 후였다.

나는 그날 방과 후, 도서실에서 시간을 보내고 있었다.
동아리 활동을 하지 않아 바로 하교하면 되지만 집에 있기

가 싫었다. 궁금했던 신간 도서를 다 읽고 다시 교실에 들렀다. 예상보다 빨리 책을 다 읽었기에 집에 돌아가 할 일이 없어졌다. 그래서 책상 서랍에 넣어두었던 과제물을 가져가려고 교실에 들렀던 것이다.

오렌지빛 석양에 물든 교실로 발을 들여놓자 창가 맨 뒷자리 책상에 이상한 물건이 놓여 있었다.

유리 꽃병이다. 한눈에도 싸구려로 보이는 조화가 꽂혀 있었다.

아무 말도 나오지 않았다.

그 꽃병이 본래 누구에게 향한 것인지, 어떤 의도로 놓여 있는 것인지는 알 수 없다.

아리마가 오기 전에도 자주 이런 일이 있었다. 내일 아침, 모두 조롱거리로 삼으려는 걸까.

모른 척하자. 쓸데없는 일에 참견해 봐야 좋을 거 하나 없다.

그런데……, 내가 뭘 하고 있는 거지.

어느새 나는 한 손에 꽃병을 집어 들고 꽂혀 있던 조화를 꺼내 옆에 놓인 쓰레기통에 처박고 있었다.

그때 누군가가 쳐다보는 것 같은 시선이 느껴졌다. 재빨리 복도 쪽을 눈으로 좇았다.

"너, 뭐 하는 거야?"

같은 반 아이들이 교실 앞문에 버티고 서서 미심쩍은 표정으로 나를 노려보고 있었다. 항상 튀는 차림새로 몰려다니는 여학생들로 이제껏 대화다운 대화조차 나눠본 적 없는 사이였다.

"아니, 그게……."

째려보는 눈초리에 기가 눌려 한심하게도 몸을 움찔했다.

"좀 전에 선생님이 지나가면서 치우라고 하셔서."

핑계를 찾아내 둘러댔지만 여학생들은 내 말을 믿지 않는 눈치였다.

"어느 선생님이?" 하고 묻기에 생각나는 대로 아무 이름이나 댔다. 그 애들은 서로 얼굴을 마주하고 뭔가를 쑥덕이더니 "어, 그래? 그럼 뭐 알아서 잘해봐라" 하고는 가버렸다.

위기는 모면한 것 같아서 안도의 한숨을 내쉬었다. 꽃병을 어떻게 할까, 머릿속으로 궁리하고 있을 때였다.

"왜 거짓말해?"

또다시 들려온 목소리에 흠칫 놀랐다.

그 애들이 다시 돌아온 건가 싶었지만 상대는 뜻밖에도 아리마였다.

아리마는 왠지 난처한 듯 웃으며 날 쳐다보고 있었다.

"그냥 내버려둬도 되는데. 어차피 예전부터 그랬던 거 잖아? 그런 짓 하는 게 무슨 의미가 있는지 모르겠지만."

나는 당혹스러웠지만 일단 꽃병을 내 책상 위에 올려놓 았다. 그리고 다시 아리마를 보았다.

"왠지 싫어서."

"역시 넌 자상하다니까."

"……그렇지만 딱히 누군가를 위해서 한 건 아냐."

"그래?"

"그냥 내가 싫으니까 그렇게 한 거뿐이고."

이런 마음을 이해해 줄 수 있을까. 남을 위해서가 아니 라 모든 걸 내 개인적인 감정에 따라 하고 싶다.

그저 내가 하고 싶으니까 하는 거다. 뭔가를 바라고 하 는 건 아니다.

자조하듯이 입술을 앙다물고 있는데 아리마가 "그거, 알 것 같아" 하고 말했다.

"넌 강요하고 싶지 않은 거지? 대가도 바라지 않고 그저 자신이 하고 싶으니까 하고 있을 뿐. 자상하다는 말을 듣 고 싶어서 하는 것도 아니고."

그렇게 말하더니 바로 "하지만 그럴수록 더"라며 아리

마가 말을 이었다.

"누군가가 그 사람한테 자상하다고 말해줘야지. 난 알아, 하고 말이야. 적어도 난 그렇게 생각해. 그러니까 네가 화를 내더라도 말할게. 넌 자상한 사람이야."

아리마는 아무것도 모르는구나, 라고 생각하다가 그녀의 말이야말로 자상하다는 걸 깨달았다.

그런 자상한 사람한테, 나는…….

"미안. 요전번에는 널 거절하듯이 말해서."

나도 모르게 사과의 말이 튀어나왔다.

"나중에 생각해 보니까 날 함정에 빠뜨리려고 친구가 되자고 할 리가……, 그럴 리가 없잖아. 나 한 사람을 웃음 거리로 만들자고, 아무렴 그렇게나 공을 들이겠어?"

어색해하면서 아리마의 눈을 바라보았다.

"정말 미안했다. 이상한 말 해서. 그리고 널 의심해서."

그러자 아리마가 고개를 가로저었다.

"아니야. 나야말로 미안해. 넌 진지하게 대해주었는데 농담처럼 그러는 게 아니었어. 나야말로 정말 미안해."

아리마는 말을 마치고 고개를 깊이 숙였다.

내가 "아냐. 무슨"이라고 대답하자 아리마가 얼굴을 들었다.

"그래도 잠깐 얘기했을 뿐이지만 너를 더 많이 알게 된 건 사실이야."

"그렇구나."

"응. 그래서……. 나랑 네가 느끼는 외로움은 완전히 다르지만 사람은 본질적으로 비슷한 외로움을 안고 있는 사람끼리가 아니면 친해지지 못하는 거 같아."

"무슨 말이 하고 싶은 거야?"

"그러니까, 외로운 사람끼리 사이좋게 지내자고."

아리마는 그렇게 대답하더니 상냥한 미소를 보였다.

그 미소만 있으면 이 학교에서 그 누구와도 사이좋게 지낼 수 있을 것 같다.

그런데 아리마는 혼자다. 공기 같은 투명한 존재이고 친구도 없다.

"그건 그렇고 너 같은 애가 왜 전학 오자마자 외톨이가 된 거야?"

물으면 안 될 것 같았지만 나도 모르게 아주 약간 아리마에게 마음이 열린 듯했다.

"그건……, 전학 온 첫날, 한바탕 난리를 피웠거든."

"뭐어?"

"그런 설정이라고 해둬."

"웬 설정?"

"내가 좀 신비로운 구석이 있잖아?"

"있는지, 내가 그걸 어떻게 알아!"

"하긴 그러네."

얼버무리는 것 같긴 했지만 반에서 투명인간 취급당하는 이유를 굳이 말하고 싶지는 않겠지.

적어도 같은 입장인 나는 그러니까.

다만……, 뭔가 약간의 위화감이 있었다.

아리마의 존재에 대해 나는 전혀 현실감이 느껴지지 않았다. 이 애의 존재가 투명하리만치 아름다워서일까. 아니면…….

"왜 그래?"

이 애는 역시 어딘가 초등학교 때 내 앞에 나타난 '특이한 친구'를 닮았다.

그 친구는 내게 다른 친구가 생기자 서서히 모습을 감췄다.

자신의 역할은 이제 다 끝났다는 듯이, 어느새 사라지고 없었다.

어떤 모습이었는지는 확실히 기억나지 않지만 아리마처럼 스스럼없이 말을 걸며 친구가 되자고 제안했던 건 기억난다. 그래서 내가 마음에 위안을 받았던 것도.

"아리마……."

"응, 왜?"

"솔직히 난, 너에 관해 잘 모르지만."

"뭐야, 너무한 거 아냐?"

"말 돌리지 말고."

내가 말하자 아리마는 헤헤, 하는 표정으로 기쁜 듯이 웃었다.

나는 그 웃음을 보는 순간 더럭 겁이 났다. 빛을 두려워하는 동물처럼. 어둠과 동굴 안에서밖에 살 수 없는 동물이 이 세상에는 분명 있는 것처럼.

하지만 나는 동굴 안에서만 사는 동물이 될 수 없기에 더욱더 빛을 갈구한다.

어둠 속에서 불을 밝히려고 한다.

"아무튼 그래서 너에 관해 잘은 모르지만."

"모르지만?"

"외로운 동지끼리라는 의미에서 너랑 친구가 되는 것도 괜찮겠다는 생각이 들어."

"아, 진짜?"

"응. 진짜."

"거짓말 아니지?"

"넌 의심이 너무 많아."

그렇게 대꾸하면서 어이가 없어 피식 웃음이 나왔다. 내가 지금 이렇게 웃고 있다는 게 스스로도 놀라웠다.

정말 이래도 되는 걸까, 잠깐 망설이기도 했다. 외로움을 잊어도 되는 걸까. 외로웠던 시기의 그 마음을 기억하지 않아도 되는 걸까.

하지만 친구가 생겼다고 해서 본질적으로 외로움을 잊을 수 있는 건 아니다.

그렇게 생각하는 것 자체가 너무나 외롭지만.

"그럼 오늘부터 친구 된 거다. 잘 부탁해, 히구치."

"아, 으응. 잘 부탁해. 아리마."

"어라? 너 부끄러워하는 거야?"

"석양 때문이야."

"뭐, 그런 걸로 해둘게."

전학생이라며 느닷없이 내 일상 속으로 들어온 여자애. 아리마 호노카.

그 애는 노란빛을 내뿜듯 웃으면서 짙은 남색처럼 무디어진 내 감정을 흔들어놓았다. 다만…….

나중에 되돌아 생각해 보면 그때 이미 그 애의 정체를

알 만한 실마리가 많이 있었다.

하지만 당시의 나는 조금도 의식하지 못했다.

어쩌면 의도적으로 깊이 생각하지 않았는지도 모른다.

그래도 한 가지만은 확실한 게 있다.

그때부터 아리마와 나의 인연이 시작되었다는 사실이다.

아리마와 나는 서서히 마음을 나누며 순수하게 '친구'
라고 할 수 있는 관계가 되어갔다.

언젠가 아리마가 자신의 정체를 고백하는 그날까지……
우리는 단지 친구로서 하루하루를 보냈다.

3

아리마와 친구가 되기로 한 이후 나의 일상은 조금씩이
긴 하지만 확연히 달라지기 시작했다.

"안녕, 히구치!"

아침에 등교해 교실로 가면 아리마가 변함없이 인사를
건네온다. 나는 완전히 모른 척하지는 않고 의자에 앉은
뒤 살짝 손을 들어 인사에 답하고 있다.

괜히 아이들 눈에 띄는 행동은 하고 싶지 않았기에 미안하지만 아리마에게도 미리 양해를 구하고 교실에서는 서로 말하지 않기로 약속했다.

조회 때, 수업 시간 그리고 쉬는 시간이 되면 예전과 다름없이 교실 구석에서 조용히 지냈다.

그러던 어느 날 2교시 수업이 끝나고 쉬는 시간의 일이었다. 잠든 척 책상에 엎드려 있는데 "히구치!" 하고 아리마가 자그마한 목소리로 부르는 듯했다.

옆으로 시선을 돌리자 나처럼 책상에 엎드린 아리마가 내 쪽을 보며 갑자기 우스꽝스러운 표정을 지어 보였다. 나를 웃기려 한 모양이었다. 나는 터져 나오려는 웃음을 간신히 참고 입 모양만 움직여 '바-보!'라고 말해주었다. 아리마는 즐거운 듯이 웃었다.

교실에서는 굳이 아리마와 대화를 나누지 않았지만 반 아이들이 없는 곳에서는 그럴 필요가 없었다. 모처럼 생긴 친구이니 내가 안식처로 삼는 장소 중 한 곳에 아리마를 초대하기로 마음먹었다.

"응? 점심 도시락이잖아? 어디로 가는 건데?"

"좋은 데."

점심시간이 시작되자 아리마를 데리고 복도로 나왔다.

옥상에 드나드는 걸 들키지 않도록 선생님이나 학생들이 잘 지나다니지 않는 길로 돌아갔다.

"좋은 데라니……. 아하, 그렇군. 둘이서만 있을 수 있는, 좋은 데? 쉴 수 있는 그런 곳?"

"사춘기 사고 수준하고는 참!"

아리마의 실없는 농담을 일축하고 계단을 올라가 옥상으로 나가는 문 앞에 다다랐다.

아리마는 내가 주머니에서 열쇠를 꺼내 문을 여는 모습을 놀란 표정으로 바라보았다. 자물쇠를 열고 옥상으로 무단 침입하자 아리마도 뒤따라 발을 들여놓았다.

"히구치, 너 나쁜 애구나."

내가 하늘을 올려다보고 있자니 아리마가 싱글거리며 말했다.

"그렇긴 하지. 이렇게 공범자까지 만들었으니 말이야."

"뭐, 얘기가 왜 그렇게 돼! 아니, 내가 공범이라고?"

주위에 아무도 없어서 마음 가볍게 수다를 떨었다. 나는 문 옆의 벽에 등을 기댄 채 편의점 봉지에서 점심거리를 꺼냈다.

아 참, 하고 불현듯 생각나 옆에 있는 아리마를 쳐다보았다.

"아리마, 너 점심 안 갖고 왔어?"

"아, 응. 난 다이어트 중이니까 신경 쓰지 마."

"다이어트라니……. 살찐 데도 없는 것 같은데."

"아니, 이래 봬도 가슴 부분에는 꽤 있다고."

"그런 말이 아니잖아."

아리마의 농담에 당황하자 재미있어하던 그 애가 문득 생각난 듯이 물었다.

"혹시나 해서 말인데, 아까 문 연 거 복사 키지? 언제부터 갖고 있었어?"

"고등학교에 들어오고 얼마 안 지났을 때였지 아마. 다른 열쇠를 빌리는 김에……, 슬쩍."

"어떻게 그럴 생각을 했냐?"

"중학교 때부터 그랬는데. 그렇지만 내가 시작한 건 아냐."

아무렇지도 않게 대답했지만 찌르는 듯한 감촉이 느껴지면서 가슴이 아려왔다.

중학교 시절의 이야기는 별로 하고 싶지 않았다.

아리마는 그런 내 마음을 눈치챈 건지 더는 캐묻지 않았다.

무심코 하늘을 올려다보았다. 6월의 화창한 햇살이 투명하고 맑게 빛나고 있었다. 그 빛이 나의 가장 깊은 곳까지

내리쬐어 가만히 비춰주는 듯했다. 그런 느낌에 이끌린 걸까. 여러 사람의 얼굴이 머릿속을 스쳐 지나갔다. 문득…….

"응, 왜 그래?"

"예전에 나하고 어딘가에서 만난 적 없지?"

갑작스러운 질문이라 그랬는지 아리마는 바로 대답하지 않았다.

조금 신경이 쓰여 시선을 돌리자 아리마는 웃음을 지으며 또다시 농담을 던졌다.

"설마, 작업 거는 거야?"

"그럴 리가 있냐."

"나, 누가 이렇게 작업 걸어온 적 없거든. 모처럼이니까 이 기회에 지금 한번 해봐."

"이상한 걸 물어본 내가 잘못이지."

"작업 걸면 봐줄게."

"그만 좀 하라니까."

내가 얼굴을 찌푸리자 아리마가 미소를 띠고 대답했다.

"너랑 얘기한 건 지난번이 처음이야."

나 혼자 밥을 먹으면서 우리는 취미와 혈액형, 가족 구성, 어디에 사는지 등 이런저런 소소한 이야기를 나눴다.

일상에 숨겨져 있는 혹은 일상 자체의 즐거운 순간을

맛보는 듯한 기분이었다.

어느새 나는 아리마와의 대화를 순수하게 즐기고 있었다. 자연히 표정도 차츰 부드럽게 풀어졌다. 점심시간 종료를 알리는 종소리가 아쉽기는 참으로 오랜만이었다.

"자, 이제 수업도 끝났겠다 학교 안내 좀 해줘."

방과 후, 교실에서 애들이 다 나가기를 기다렸다가 아리마가 말을 걸어왔다. 아리마가 뭔가 할 말이 있는 것처럼 보여서 나도 둘이 남기를 기다렸던 것이다.

"아니, 왜?"

"이제 막 전학 와서 이 학교를 잘 모르니까."

"나도 잘은 몰라."

"네가 추천하고 싶은 장소라든가 그런 거 없어?"

"추천이라니……, 옥상 같은 데?"

"아, 나도 열쇠 갖고 싶어."

"그럼 철사를 마련해 둘게."

"뭐야, 그걸로 네 목을 졸라 빼앗으라고? 싫어, 약육강식이잖아."

"약육강식이란 말뜻을 완전히 잘못 알고 있는 것 같은데."

전학생한테 학교 안내라니, 구체적으로 뭘 하면 되는지 모르겠다.

일단 가능한 범위 내에서 학교 건물을 안내해 주기로
했다.

무슨 일이 생길 경우를 대비해 보건실과 벌써 알고 있
겠지만 교무실이며, 내가 좋아하는 도서실을 차례로 안내
했다.

"와, 이 도서실, 분위기 좋다."

"사람이 별로 없어서 더 마음에 들어."

학교에서 내 안식처는 초등학교 때부터 변함이 없다.
특히 초등학교 저학년 때 아이들에게 괴롭힘당하던 시기
에는 쉬는 시간마다 도서실로 가 숨을 죽이고 있었다.

학교에서 숨죽이고 있지 않아도 되는 동급생들이 부러
웠다.

생각해 보면 처음으로 '특이한 친구'를 만난 것도 도서
실 구석에서였다.

"너 순문학을 좋아한다고 했나?"

아리마와 책장 사이사이를 둘러보며 다른 학생들에게
방해되지 않도록 아주 작은 목소리로 대화를 나눴다.

"맞아. 넌 연애소설을 좋아한다고 했지?"

"응응. 멋진 사랑 이야기가 펼쳐지는 책."

"멋진 사랑……."

"왜 말을 하다가 말아?"

"미안. 지금 나하고는 가장 거리가 먼 말이라서."

솔직하게 털어놓자 아리마가 그 자리에 멈춰 서더니 몸을 앞으로 내밀며 말했다.

"그러면 안 돼. 나도 멋진 사랑을 할 수 있다고 믿어야지. 연애에 관심이 없는 건 아니잖아?"

"아니, 그건……. 하지만 믿으라니."

쓸쓸하게 웃는데 "믿는 건 의외로 중요하거든"이라며 아리마가 계속 말을 이었다.

"행동하지 않으면 인생은 바뀌지 않아. 그 첫걸음을 믿는 데서 시작하는 것도 나쁘지 않다고 생각해. 그 믿음이 현실을 바꾸고 가능성을 넓혀서 자신을 앞으로 나아가게 하니까. 난 그렇게 믿어. 그러니까……."

나는 길게 열변을 토하는 아리마를 멍하니 바라보았다.

"소년이여, 큰 뜻은 품지 않아도 좋으니, 믿으라."

아주 짧은 순간이었지만 아리마라는 존재의 핵심을 들여다본 기분이었다.

아리마는 복잡한 현실 속에서 단순한 진실을 좋아했다.

정말로 별난 애구나, 하고 슬그머니 웃음이 나왔다.

"아리마, 너 말이야, 머리가 좋은 건지 나쁜 건지 잘 모르겠어."

"그런 너야말로 가끔 나한테 신랄하잖아."

"너한테만은 솔직한 사람이라고, 그렇게 믿어줘."

"어, 알겠어. 그건 나쁘지 않을지도."

"단순하기는."

"너무해!"

도서실을 한번 둘러보고는 교내를 슬렁슬렁 돌아다녔다. 별 볼 일 없는 안내였지만 아리마는 만족해하는 듯했다.

시간은 빨리 흘러서 다음 날은 벌써 한 주가 끝나는 금요일이었다. 사람들은 대개 주말을 손꼽아 기다린다지만 나한테는 아무런 감흥도 없다.

주말 내내 잠을 자다가 또 월요일이 되면 일어나 학교에 가는 게 우울하기는 하지만.

아리마는 여전히 반에서 없는 사람 취급을 받았지만 본인은 그다지 신경 쓰는 것 같지 않았다.

다만 점심시간이 되어도 왠지 아무것도 먹지 않았다. 그뿐만 아니라 사람들 앞에서 뭔가를 먹는 모습조차 보이지 않았다.

아리마는 옥상이 꽤 마음에 들었는지 금요일 점심시간에도 그리고 방과 후에도 나와 함께 그곳에서 이야기를 주고받았다.

문득 깨닫고 보니 놀랍게도 어느새 해 질 녘이 다 되어 있었다.

시간이 가는 것도 잊고 아리마와 이야기하는 데 푹 빠져 있었다. 노는 데 정신이 팔렸던 초등학생 때의 언젠가처럼. 그런 순수한 마음과 기억을 오랫동안 잊고 지냈던 것 같다.

"그럼 다음 주에는 너희 동네를 안내해 주면 되겠네."

"아니, 왜?"

하늘 저편에 석양이 드리우기 시작해 옥상은 눈이 부실 만큼 환한 황금빛으로 물들어가고 있었다.

"내 행동 범위가 넓어실 테니까."

"너랑 우연히 마주칠 가능성이 커진다는 거야?"

"그럴 수도 있지. 휴일에 딱 마주치면 좋겠어?"

"가능한 한 휴일에는 아는 사람을 만나고 싶지 않으니까 괴롭겠지."

농담하듯이 말하자 "에에—" 하면서 아리마가 웃었다.

"근데 넌 주말에 뭐 해? 동아리도 안 하고 완전 쉬는 날이잖아?"

"뭐 그렇긴 하지만……. 딱히 아무것도 안 해."

"그럼 데이트라도 할까?"

"그런 농담 싫어하는 거 알면서."

"피이, 농담 아닌데."

"네, 네, 그렇군요."

이제 아리마와 헤어져야 한다는 데 아쉬움이 남았지만 해가 완전히 떨어지기 전에 옥상에서 내려왔다.

어제도 그제도 그랬던 것처럼, 나와 마찬가지로 전철로 통학한다는 아리마와 역까지 함께 걸었다. 우리 둘은 반대 방향으로 가는 전철을 타야 했기에 플랫폼이 나뉘는 계단에서 헤어졌다.

"그럼 잘 가, 히구치. 다음 주에 봐."

"응. 잘 가."

나는 혼자 플랫폼에 서서 전철이 오기를 기다렸다.

또 한 주가 지났구나. 그런 생각을 하며 올려다본 하늘은 아름다운 붉은빛으로 바뀌어 있었다.

석양빛은 어딘가 다정한 느낌이 든다. 모든 것을 만천하에 드러내는 한낮의 빛과 달리 무언가를 숨겨도 괜찮다고 허락해 주는 듯한 빛이다.

얼마 후 반대편 플랫폼에 아리마가 나타났다. 그와 동시에 내가 서 있던 플랫폼으로 전철이 들어왔다. 전철에 올라타 창밖을 내다보았다.

나를 찾아낸 아리마가 웃으며 손을 흔들었다.

나도 가볍게 손을 흔들었다. 이윽고 전철이 출발하고 아리마가 시야에서 점점 멀어졌다. 전철 창유리에 옅게 웃고 있는 내 얼굴이 비쳤다.

나의 일상은 아리마가 나타나면서 달라졌다. 아마도 좋은 방향으로 바뀌었을 것이다.

하지만 이 세상에는 좋은 일만 일어나지 않는다.

좋은 일이 있는가 하면 나쁜 일도 있다.

신이 조화를 꾀하듯, 평균으로 수렴되어 가는 것이 인생이다.

4

월요일은 아침부터 하늘이 맑게 개어 있었다. 구름 한 점 없다.

누구나 다 그렇겠지만 월요일 아침은 약간 우울하다. 그 탓에 늘 일어나기 싫어 미적대기 일쑤였으나 이날은 신기하게도 침대에서 재빨리 빠져나왔다.

신선한 아침 공기를 들이마신 뒤 세면대로 가서 세수하고 이를 닦았다.

식탁에서 서로 아무 말도 하지 않았으나 부모님은 내가 가뿐히 일어나 제 할 일을 하는 데 놀란 눈치였다.

아직 시간이 있었지만 준비를 마치자마자 일찌감치 집을 나섰다. 발걸음이 가볍다. 어쩌면 며칠 만에 아리마를 만날 수 있다는 기대감에 들떠 있는 건지도 모른다.

일찍 왔더니 교실에 아이들이 얼마 없었다. 아리마도 보이지 않았다. 자리에 앉아 가방에서 필요한 물건을 꺼내 놓았다. 문득 시선이 느껴졌다.

이상해서 돌아보니 먼저 교실에 와 있던 여학생 몇 명이 모여서 수다를 떨고 있었다.

내가 보고 있다는 것을 눈치채고선 시선을 돌렸다.

"대체 허공에 대고 뭘 떠드는 거야!"

어……?

순간 충격으로 사고가 멈췄다. 말을 한 아이는 요란스럽게 꾸미고 다니는 여학생으로 반에서도 눈에 띄는 무리에 속해 있다. 며칠 전 방과 후 교실에서 내게 말을 걸었던 아이다.

내 표정이 굳은 걸 알아차린 걸까. 주위에 모인 애들과 어울려 큭큭 웃어댔다.

"뭐야, 그러는 너야말로 허공에 대고 얘기하잖아."

"그러게. 나도 모르게 혼잣말을 중얼거렸네."

"혼잣말하는 거 진짜 섬뜩하니까 조심해."

지금 극히 단순한 일이 일어나고 있었다. 나는 저 애들에게 조롱당하고 있다. 꼼짝도 못 하는 동안 그 애들은 계속해서 떠들었다.

"그러고 보니 그 애, 역시 학교 그만뒀다는데."

"어, 그래?"

"친구도 별로 없었고 아무도 슬퍼하지 않을 테니 상관없지 뭐."

그 애란, 예전에 내 옆자리에 앉았던 여학생을 말하는 걸까.

더는 견딜 수 없어 자리에서 일어난 순간, 그 애들은 경계하는 눈초리로 나를 바라보았다. 내가 화가 나서 달려들거라고 여겼는지도 모른다.

나는 단순히 학교에 있고 싶지 않았을 뿐이다. 가방을 집어 들고 복도 쪽으로 발걸음을 옮겼다.

아리마가 나타난 후로 잊고 있었지만, 학교는 내가 그

다지 좋아하는 곳이 아니다.

교실 문을 열고 복도로 나왔다.

숙이고 있던 얼굴을 들었다가……, 깜짝 놀랐다.

눈앞에 아리마가 서 있었다.

입을 꾹 다물고, 보기에도 화가 난 표정을 짓고 있었다. 조금 전의 대화를 들었는지도 모른다. 나와 눈이 마주치자 아리마는 씁쓸한 웃음을 지었다.

"안녕, 히구치."

"아, 응……."

"저런 애들은 상대해도 소용없어."

나는 아마 한심한 얼굴이었을 것이다. 그래서 아리마에게 걱정을 끼쳤다.

게다가 어이없게도 아리마의 그 한마디에 위안을 받았다. 갈 곳을 잃었던 마음이 단 한마디, 친구가 건네준 말 한마디에 평온해졌다.

아리마는 그런 내게 미소를 지어 보였다. 그러고 나서…….

"좋았어! 오늘은 둘이 학교를 땡땡이쳐 보자고!"라고 말했다.

우리는 정말로 수업을 빼먹기로 했다. 일단 마음을 가

라앉히려고 옆 동네의 역 앞에 위치한 프랜차이즈 카페에
왔다.

나는 카운터에서 커피를 주문했지만 아리마는 "자리 먼
저 잡아놓을게" 하고는 아무것도 시키지 않았다. 학교를
땡땡이치는 게 처음이라며 들떠 있었다.

"그럼 넌 해본 적 있는 거야?"

"나야 뭐……, 꽤 있지."

"역시 나쁜 애네."

"소심한 악당이지만."

교복 차림이라 최대한 구석 자리를 찾아 카운터석에 나
란히 앉았다. 아리마와 이야기를 하고 있자니 가라앉았던
기분이 서서히 밝아지는 게 느껴졌다.

'대체 허공에 대고 뭘 떠드는 거야!'

다만 완전히 떨쳐내지는 못한 모양이었다. 묘한 표정이
되고 말았다. 생각하지 않으려고 애쓰면 애쓸수록 그 말이
불쑥불쑥 들려왔다.

인간의 의식이나 정신은 얼마나 불편한 것인가. 어째서
쉽사리 털어내지 못하는 걸까.

"왜 그래? 괜찮아?"

"응? 어, 괜찮아."

아무렇지도 않은 척했지만 아리마는 신경이 쓰이는 눈치였다. 낙담한 듯이 고개를 숙였다.

"눈에 띄고 싶지 않다고 했는데. 나 때문에, 미안해."

"네 탓 아니야. 실제로 난 혼잣말을 자주 하거든."

"그렇지만……, 백퍼 내 탓인 거 같은데."

그렇지 않다고 다시 부정하려다 그만두었다. 같은 말이 되풀이될 뿐이다.

"풀 죽은 모습은 너답지 않아."

그래서 억지로라도 미소를 지어 보였다. 아직 아리마에 대해 깊이 알지 못하지만 이 애는 풀 죽은 얼굴보다 밝게 웃는 쪽이 더 잘 어울린다.

아리마는 내가 웃는 얼굴로 바라보는 게 의외였던지 눈을 살짝 동그랗게 떴다.

뭔가를 생각하는 듯 잠시 뜸을 들이고 나서 "응" 하며 고개를 끄덕였다.

"하긴 그래. 모처럼 수업도 빼먹었는데 둘이서 신나게 다녀볼까."

"아직 뭘 하기에는 이르니까 좀 더 시간을 때우긴 해야 해. 아리마, 넌 하고 싶은 거 있어?"

"응? 아, 그러네."

내 물음에 아리마는 진지하게 고민하기 시작했다. 평소의 모습으로 돌아온 걸 보니 안심이 됐다. 교복 차림으로 카페에 있는 게 신경 쓰였지만 아침이라 그런지 딱히 우리를 눈여겨보는 사람은 없었다. 조금 떨어진 자리에서 대학생으로 보이는 남자가 허공에 대고 이야기를 하고 있었다.

그런 광경도 익숙해졌다. 마이크가 달린 소형 이어폰으로 통화하는 거겠지.

어릴 때에 비해 거리는 타인에게 너그러워졌다. 어쩌면 무관심해진 걸지도.

학교라는 작은 상자와 달리…….

지금 아리마와 그 학교를 빼먹고 함께 있다는 사실이 신기하다고 생각하면서 아리마의 존재가 내 안에서 커져감을 느꼈다.

어쩌면 나는 줄곧 누군가와 가까이하고 싶었는지도 모른다. 친구라고 부를 수 있는 누군가를 무의식 속에서 원하고 있었는지도 모르겠다.

"하고 싶었던 일, 생각났어."

내가 막연한 생각에 빠져 있는 동안 아리마는 뭔가를 결정한 모양이다.

"모처럼의 기회니까 여기서는 시그니처 메뉴로!"

카페에서 10시까지 시간을 때운 뒤 아리마가 가고 싶다는 장소로 향했다.

그곳은 수업을 빼먹은 학생이 절대로 발을 들여선 안 되는 장소, 바로 게임 센터였다.

나는 언제든 땡땡이칠 수 있도록 습관처럼 사복을 가방에 넣어 다녔다.

게임 센터에 도착해 화장실로 가서 옷을 갈아입었다.

"뭐야, 웬 사복?"

옷을 갈아입고 나온 나를 보더니 아리마의 눈이 휘둥그레졌다.

"그야, 경찰한테 들키면 계도 조치를 받게 되니까."

"그런 게 현실에 있는 거였어? 가볍게 주의받고 끝나는 게 아니고?"

"좋았어, 그렇담 뭐든지 경험해 보는 거야. 학교를 째고 게임 센터에 갔다가 계도 조치 받고 학교랑 집에 연락이 가는 귀중한 체험을 해보자고."

"뭐라고?"

아리마는 초조한 듯이 소리를 질렀지만 우울해 있던 나를 웃겨주려고 과장된 반응을 보이는 것 같기도 했다.

걱정된다면 가까운 옷 가게에 가서 옷을 사 오자고 하

려고 밖을 내다봤다.

그때 봐서는 안 될 것을 보고 말았다.

2인조 남성 경찰관이 거리를 순찰하고 있었다.

함께 그 광경을 목격한 아리마가 "아, 말도 안 돼!" 하고
당황하며 내 뒤로 숨었다.

"저기, 경찰이지?"

"역시 아리마네. 운이 좋아."

"반대거든. 운이 없는 거잖아."

"그래도 웃기는 재능은 있지 않아?"

나도 긴장한 채 간신히 웃음을 띠며 뒤돌아보자 아리마
가 입을 삐죽거렸다.

"놀림당하는 재능 같은데…… 그나저나 진짜 어쩌지."

"들키지 않게 밖으로 나가든지 구석에 숨는 수밖에. 아
니면……."

사복을 대신할 만한 게 뭐 없을까 하고 매장 내를 휘익
둘러보았다.

찾았다. 뽑기 게임 경품이다. 무슨 애니메이션인지 모
르지만 미소녀 캐릭터가 큼지막하게 프린트된 티셔츠가
게임기 안에 샘플로 걸려 있었다.

"저기, 히구치? 무슨 생각 하고 있는 거야?"

내 시선을 알아챈 아리마가 그 경품 티셔츠를 보더니 난감한 표정을 지었다.

"아마 네가 생각하고 있는 거랑 똑같을걸."

"아니…… 그렇지만 나, 여자거든."

"너라면 어떤 옷이든지 잘 소화해 낼 거 같은데."

"이럴 때만 칭찬하는 거, 치사하지 않아?"

"늘 칭찬하지 않았나?"

"그런 기억 없거든."

"유쾌한 여자애네, 하고 분명히 칭찬했어."

"들은 적 없어. 틀림없이 네 마음속 소리일 거야. 그리고 그건 칭찬도 아니고 말이지."

"알았어. 그럼 내가 뽑을 테니까 선물로 받아."

"잠깐만, 내가 입을 거라고 왜 맘대로 단정하고 그래?"

게임기 앞으로 가서 100엔짜리 동전을 투입구에 넣었다. 티셔츠는 원통에 들어 있어서 집어 올리기 어려워 보였다. 신중하게 노릴 부분을 정하고 로봇 팔을 조종했다.

처음엔 그다지 내켜 하지 않던 아리마도 막상 게임이 시작되자 매우 적극적으로 변했다. 제한 시간 동안은 로봇 팔을 앞뒤나 양옆으로 몇 번이고 움직일 수 있는 기종이었는데, 옆에서 세세하게 훈수를 두었다.

"조금 더 오른쪽 아냐? 아, 될 거 같아. 좋았어, 잡아, 잡아……. 아아, 아까워."

"조금 전까지는 떨떠름해하더니 갑자기 신이 났네."

"내키지는 않지만……, 승부에선 이기고 싶으니까."

"뽑기 게임이 승부였구나."

단 한 번에 성공할 거라고는 기대하지 않았다. 두 번, 세 번, 계속해서 도전했다.

"좋았어! 거기, 거기. 잡아, 잡아……. 됐어! 올라왔다, 올라왔어!"

"아리마, 너무 시끄러워."

"뭐 어때. 모처럼 데이트하는 건데."

"데이트 아니거든. 그보다……, 잘 안 되네."

어느새 우리는 게임에 몰입해 있었다.

한 번 더, 하면서 100엔을 투입구에 넣는데, 바로 그때 출입문 열리는 소리가 났다. 태평스럽게 울리는 게임기의 BGM을 들으며 반사적으로 시선을 돌렸다.

아까 그 남성 경찰관 두 명이 게임 센터로 들어오고 있었다.

예상치 못한 상황에 아무 말도 못 하고 얼어붙고 말았다. 내가 보고 있다는 걸 알아차렸는지 두 사람이 우리 쪽으로 걸어왔다. 하필 이때 들어오다니, 큰일 났다.

"학생, 혼자인가?"

"아⋯⋯."

나는 어리석게도 짧은 탄성을 내지르고서 아리마를 찾아 주위를 두리번거렸다.

그 거동이 수상쩍었는지 경찰관이 재차 물었다.

"왜 그러니? 누가 또 있니?"

"아, 아뇨, 그게 아니라⋯⋯."

초조해하며 재빨리 핑곗거리를 생각해 냈다.

"그게, 게임을 하던 중이라⋯⋯. 100엔을 버리게 되면 어떻게 해야 하나 하고 점원을 찾아본 거예요."

그때 때마침 게임기의 BGM이 바뀌었다.

조작 가능한 시간이 끝나버리는 바람에 로봇 팔이 밑으로 내려가면서 아무것도 없는 빈 공간을 휘저었다.

그 광경을 지켜보고 있자 경찰관이 미묘한 표정을 지으며 사과했다.

"아아, 미안하게 됐구나. 내가 점원한테 설명해 줄까?"

"아, 100엔인데요, 뭐. 그냥 두세요."

"미안한걸. 근데 확인차 물어보는 건데 고등학생은 아니지? 이 시간에 온 걸 보면."

"네. 이 근처 대학교에 다녀요. 강의는 오후부터라…….
저 티셔츠가 너무나 갖고 싶어서요."

경찰관은 미소녀 캐릭터가 프린트되어 있는 경품을 보
더니 씨익 웃었다.

"100엔을 버리게 만들어서 진짜 미안하군. 자, 그럼 우
리는 이만 가보마."

게임 센디 인을 살펴보려는 듯 그 자리를 떠나는 경찰
관들의 뒷모습을 묵묵히 바라보았다.

안도의 한숨을 내쉬면서 주위를 쭉 둘러보았다.

아리마가 눈 깜짝할 사이에 사라졌다. 내 시야에서 연
기처럼 자취를 감췄다.

"히구치!"

어디선가 아리마의 목소리가 들려온 듯했다. 시선을 돌
리자 등 뒤에 있던 게임기 뒤편에서 아리마가 얼굴을 내밀
고 나를 쳐다보았다. 손짓을 하기에 그쪽으로 갔다.

"아리마?"

"미안해. 경찰이 보이길래 당황해서 숨었지 뭐야. 말할
틈도 없었어."

아무 말도 하지 못한 채 눈앞의 소녀를 바라보고만 있
었다.

어느 날 갑자기 이 애가 내 세계에 나타났다. 자신을 전학생이라고 소개하며 학교에서 늘 혼자였던 내게 미소를 지어 보였다. 스스럼없이 말을 걸고 친구가 되자고 손을 내밀었다.

이 생각은 몇 번째일까. 냉정하게 생각해 보면 그런 애가 갑자기 나타날 리가 없다.

그거야말로…….

"히구치?"

"아, 아아! 아니, 걸리지 않아서 다행이야."

"지금이라면 경찰한테 들키지 않고 나갈 수 있지 않을까?"

"하긴, 그럴지도 모르겠네."

게임 센터 안을 돌고 있는 경찰관들에게 들키지 않도록 조심하면서 밖으로 나왔다.

밖에는 다른 경찰관이 있었다! 이런 반전 없이 무사히 탈출할 수 있었다.

"아아, 공기가 달콤해. 햇살은 눈부시고!"

아리마는 더없이 환한 얼굴로 하늘을 올려다보았다.

"그런데 만약 지금 경찰한테 걸리면 뭐라고 해야 돼?"

가만히 생각해 보니 걱정이 되었던지, 아리마가 진지하

게 물었다.

수시로 바뀌는 아리마의 표정을 보자 나도 모르게 웃음이 터져 나왔다.

"게임 센터에서 나오는 순간만 들키지 않으면 괜찮아. 길거리에서라면 경찰이 말을 걸어도 병원에 들렀다 학교에 가는 중이라든가 적당히 둘러대면 되니까."

"그렇군. 역시 넌 익숙하구나."

"너보다야 뭐."

그래도 게임 센터 앞에 있기는 꺼림칙해서 아리마와 나란히 걷기 시작했다.

사복과 교복을 입은 두 사람이 목적지도 없이 거리를 이슬렁거렸다.

"이제 뭐 할까?"

아리마는 미소를 띠고 있었다. 항상 즐거운 놀이를 찾는 천진난만한 어린아이처럼.

"아직 11시도 안 됐으니 영화를 봐도 좋고."

"수업 빼먹고 영화! 그것도 재밌겠다."

"아니면……. 한 번 더, 다른 게임 센터에 갈까?"

"싫어. 내가 먼저 가고 싶다고 하긴 했지만, 그렇게나 내가 경찰에 계도 조치 받는 모습을 보고 싶은 거야? 꽤 볼만

한 광경이긴 할 테지만."

문득 상상해 보았다. 공상 속에서 아리마가 처량하기 짝이 없는 표정으로 경찰에게 계도를 받고 있다. 웃음을 터뜨리자 아리마가 삐쳤다.

고심한 끝에 우리가 향한 곳은 프랜차이즈로 운영되는 노래방이었다. 냉난방 완비에 와이파이도 되고 쿠폰을 사용하면 평일에는 1000엔도 되지 않는다. 게다가 몇 시간씩 머물러도 된다.

"좁은 방에 둘만 있다니 두근거리는걸."

돈을 지불하고 안내받은 방으로 가면서 아리마가 너스레를 떨었다.

분명히 농반진반이다. 나는 걸음을 멈추고 몸을 돌렸다.

"좋았어, 취소하고 밖으로 나가자. 학생답게 공원에서 비둘기한테 모이나 주자고."

"미안해, 농담이야. 게다가 비둘기한테 모이 주는 거 조금도 학생답지 않거든."

"그래도 해보면 의외로 재미있을걸."

"내가 신이 나서 모이를 마구 뿌려대고 엄청나게 많은 비둘기가 몰려들어 당황하는 모습밖에 상상이 안 가."

"상상 속에서 아리마는 항상 유쾌한데 뭘. 경찰한테 걸리고 비둘기들한테 에워싸이고."

"……왠지 나, 이상한 애가 되어가는 거 같아서 걱정이네."

둘이 놀기엔 몹시 넓은 방으로 들어가 나란히 소파에 앉았다.

일단 노래부터 부르기로 했지만 아리마는 노래를 잘 못한다고 했다.

아리마가 자꾸 부르라고 하기에 어쩔 수 없이 오랜만에 노래를 불렀다. 중학교 때 인기를 끌었던 밴드의, 약간 마이너한 곡이다. 노래를 부르고 있자니 당시의 기억이 떠올랐다.

예전에 자주 불렀던 노래는 추억을 불러일으켰다. 왠지 모르게 울고 싶어졌다.

"93점! 은근히 잘 부르는데?"

"이번에는……, 모르는 노래를 불러볼까?"

리모컨으로 적당한 번호를 누르고 흘러나오는 곡을 느낌대로 따라 불렀다. 의미를 잘 알 수 없는 노래도 있었고, 나도 모르게 가사에 빠져드는 노래도 있었다.

"이건……, 내 예상으로는 72점 나올 거 같아."

"아니, 더 낮을 거야. 43점 정도?"

"전혀 모르는 노래였는데 가사가 좋네."

"나도 그 생각했어."

모르는 노래를 적당히 부르고 아리마랑 점수를 예측하는 일은 즐거웠다.

어느새 정오가 지났다. 내 가방에는 편의점에서 산 빵이 들어 있었지만 아리마는 오늘도 점심을 먹지 않겠다고 했다. 뭐라도 주문할까 싶어 물어봤으나 이마저 사양했다.

"난 괜찮으니까. 진짜로 신경 안 써도 돼."

"또 다이어트야?"

"그게……, 미안. 실은 다이어트가 아니라, 다른 사람이랑 같이 밥 먹는 거 별로 안 좋아해서."

그런 설정이라고? 라고 물으려다 말았다.

인간은 복잡하고 이해하기 어려운 존재다. 타인과 같이 밥을 먹는 데 스트레스를 느끼는 사람도 얼마든지 있기 마련이다.

아리마는 "아하하!" 하고 아무렇지도 않은 듯 웃으면서 말을 이었다.

"그리고 또 사과할 게 있는데 나, 스마트폰도 없어. 여러 사람한테서 잇달아 연락 오고 그러는 게 너무 힘들어."

"그건……, 나도 이해 가."

"여러 가지로 까다로운 애라 미안해."

"상관없어. 아리마는 반 아이들한테 없는 사람 취급을 당하고 있고, 남들이랑 같이 밥 먹는 거 싫어하고, 스마트폰도 안 갖고 다닌다, 게다가 음치라서 노래도 못 부른다, 이런 거잖아."

나는 모호한 표정으로 슬쩍 웃었다. 그 뒤로는 노래를 부르지 않고 아리마와 여러 가지 이야기를 나눴다.

"전학 오자마자 히구치랑 이렇게 친해질 줄은 몰랐어."

"난 네가 어중간한 시기에 전학 와서 놀랐는데."

"근데 말이야, 전에는 지금 내 자리에 누군가 앉았던 거지?"

"아……. 응, 그랬지."

"이떤 아이였어?"

"……애들한테 오해를 받기는 했지만 아마 착한 애였을 거야."

"아, 그래?"

"설마 이렇게 사라질 줄은 몰랐지만……."

무의식적으로 목소리 톤이 낮아졌는지도 모르겠다.

그 톤 때문에 분위기가 덩달아 가라앉지 않도록 조심하면서 아리마에게 웃음을 지어 보였다.

"아리마, 넌 말이야. 훌쩍 나타났듯이 훌쩍 사라지지 마."

아리마는 분명 내 말을 농담으로 받아치거나 딴청을 피울 거라고 생각했다.

"사라지지 않아."

하지만 내 생각과 달랐다.

"네가 나한테 이제 얼굴도 보기 싫다고 사라져달라고 하기 전에는."

아리마는 진지한 어조로 대답했다.

지금까지 한 번도 보지 못한 심각한 표정이었다.

"너무 진지했나? 신기루도 아닌데 설마 쉽게 나타났다 사라졌다 하겠어?"

아리마는 밝게 웃었지만 내가 원한다면 정말로 사라지고 말 것만 같았다.

결국 그날은 오후 3시까지 아리마와 노래방에서 놀았다. 집에 돌아오자 어머니가 학교에서 연락을 받았다며 어떻게 된 일이냐고 물었다.

"……그냥, 학교 친구랑 땡땡이친 거예요."

"뭐, 친구랑?"

"걱정 끼쳤다면 죄송요."

마치 우울한 아이들이 보이는 태도로, 나는 무뚝뚝하게 사과하고 내 방으로 쑥 들어갔다.

나와 가족 사이에는 언제부터인가 깊은 골이 생겨나 있었다. 그건 내 탓이었다.

그 후로 부모님은 나를 조심스럽게 대했다.

하지만 그런 내게서 '친구'라는 말이 나오자 어머니는 놀란 눈치였다.

5

다음 날, 조금 고민하다가 결국 여느 때처럼 등교했다.

'대체 허공에 대고 뭘 떠드는 거야!'

솔직히 그 여학생이 있는 교실로 가는 데 거부감이 들었다. 또 땡땡이를 칠까, 하는 유혹이 살짝 스쳐 갔지만 교실에는 그 학생 말고도 다른 학생이 있다.

그야말로 내가 만나고 싶은 학생이.

"좋은 아침! 아리마!"

교실에서는 서로 말 걸지 않기로 약속했지만 먼저 와 있던 아리마에게 인사를 건넸다. 갑작스러워서일까. 아리마는 물론이고 반 아이들이 모두 놀란 표정을 지었다.

"응. 안녕, 히구치!"

그런 분위기 속에서도 아리마는 밝게 웃으며 인사를 받아주었다.

이윽고 조회가 시작되었다.

어제 학교에서 집으로 연락이 왔을 때 어머니가 잘 대응해 주신 듯, 나는 병결 처리가 되어 있었다. 특히 담임 선생님은 아무 말도 하지 않았다.

점심시간도 방과 후도 나는 당연한 듯이 아리마와 함께 보냈다.

그렇게 아리마와 어울려 지내며 수요일과 목요일이 지나갔다.

어느새 아리마와 친구가 된 지 일주일이 지났다. 학교에서는 다음 주에 열릴 구기 대회 이야기로 떠들썩했고 나는 배구 경기에 선수로 출전하게 되었다.

목요일 방과 후에는 아리마가 원하는 대로 우리 동네를 구경시켜 주기로 했다.

함께 전철을 타고 가서 집 근처를 걸었다. 멀리서 우리 집을 가리켰다.

제법 떨어진 위치였지만 우리 집을 소개하자니 왠지 쑥스러웠다.

"집 좋다."

"그래? 어디에나 있는 평범한 집인데."

"그거 알아? 어디에나 있는 집이란 건 사실 없어."

아리마는 건물이 아니라, 아마도 그곳에 사는 가족을 말하는 것 같았다.

그 말이 왠지 모르게 애잔하게 다가왔다.

그다지 넓지는 않지만 어머니가 늘 깨끗하게 청소해 놓는 현관 그리고 내가 좋아하는 야채 주스가 항상 들어 있는 냉장고. 시간이 되면 어김없이 식탁에 올라오는 따뜻한 식사.

짜증 날 때도 있지만 요리 솜씨가 좋고 다정다감한 어머니.

말수가 적고 표현은 서툴러도 나를 감싸며 지켜봐 주는 아버지.

가족을 둘러싼 그러한 일들이 그리운 기억으로 떠올랐다.

언젠가 초등학생 때 '어머니의 날'(매년 5월 둘째 일요일. 일본은 어머니의 날과 아버지의 날이 따로 있으며, 아버지의 날은 '6월 셋째 일요일'이다)에 카네이션을 드리자 어머니가 무척 기뻐하셨다. 아버지와 함께 계획한 이벤트였고 선물하는 데 성공한 우리는 주먹을 맞부딪히며 마주 보고 웃었다.

어째서일까. 지나가기만 하고 되돌아오지 않는 어릴 적

기억들이 되살아났다.

나는 왜 부모님과의 사이에 골을 만들고 말았을까. 그렇게 자상한 분들과의 사이에…….

"히구치?"

나는 분명 반성해야 할 점이 많을 것이다. 무의식중에 그런 미안한 마음과 불편한 감정을 담아놓고 있었던 것 같다. 아리마의 한마디가 깊이 마음에 와닿았다.

"요즘, 나……. 부모님하고 사이가 별로 안 좋아. 내가 원인이지만."

우리 집을 바라보며 속마음을 터놓았다. 아리마는 날 배려해서인지 아무 말도 하지 않았다. 이야기를 가로막지 않고 내가 하고 싶은 말을 다 털어놓을 수 있게 가만히 들어주었다.

"하지만 언젠가……. 언젠가는 잘하고 싶어. 뜬금없이 무슨 소릴 하는 건가, 싶겠지만."

한심하다고 생각하면서도 웃음을 지어 보이며 얼굴을 돌리자 아리마가 다정한 표정으로 미소 짓고 있었다.

"그랬구나."

"응."

그렇게 아리마와 시간을 보내면서 두 번째 금요일을 맞

이했다. 교실에서는 최대한 대화를 피했지만 옥상에서는 달랐다. 점심시간에는 아리마와 옥상에 올라가 농담을 섞어가면서 이야기를 나눴다. 그 시간이 즐거웠다. 친구끼리 주고받는 가벼운 일상의 대화가 기뻤다.

하지만 나는 그렇게 함으로써 소중한 무언가와 마주하기를 회피하고 있었던 건지도 모른다.

가족 간의 문제를 포함해서 나는 똑바로 마주해야 할 일이 몇 가지 있었다.

아리마와 보내는 시간이 즐거우면 즐거울수록 신기하게도 내가 안고 있는 문제를 의식하게 되었다. 정확히 표현하자면, 의식할 여유가 생겨난 것일 수도 있다.

어쩌면 아리마는 그런 내 마음을 알아차린 걸까.

아니, 지나친 생각일까. 하지만…….

방과 후 옥상에서 이야기를 나누고 있는데, 아리마가 뭔가 생각난 듯이 말했다.

"그러고 보니 다음 주 말인데……. 전학 관련해서 관공서랑 어딜 좀 다녀와야 하거든. 그래서 학교에는 못 올지도 몰라."

갑작스러운 말에 놀랐다. 잠시 아무 말 없이 아리마의 옆얼굴을 바라보았다.

"그렇……, 구나."

"어라? 지금 분명히 실망했지? 혹시 쓸쓸한 거야?"

"그럴 리가 있냐."

"에에-, 진짜?"

"진짜라니까."

"그렇지만 괜찮아. 사라지는 게 아니니까. 금방 또 나올 거야."

다음 주가 되자 아리마는 미리 말한 대로 학교에 나오지 않았고, 나는 다시 교실에서 외톨이가 되었다.

종례 시간이 시작되기 전, 시끌벅적한 교실에서 어쩔 수 없이 혼자라는 사실을 실감했다.

하지만 나는 그 고독을 원해온 것 같기도 하다. 방 안에 혼자 있을 때 느끼는 고독과는 다르다. 사람들 속에 있기에 실감하는 고독이 있다.

지금까지는 의식하기를 피해왔지만 나는 줄곧 어떤 사실에서 도망치고 있었다.

현재도 과거도 미래도 보이지 않는 어둠 속에서 아무것도 하지 않고 웅크리고 있었다.

하지만 인간은 계속 어둠 속에만 머물 수는 없다.

내가 안고 있는 문제와 마주할 때가 온 건지도 모른다.

솔직히, 마주하기가 두려웠다. 내가 과거에 한 선택이 어쩌면 옳지 않았기 때문이다. 하지만 선택을 후회해도 소용없다. 중요한 건, 옳은 선택을 계속하는 게 아니라 선택한 사실을 받아들이려는 태도인지 모른다. 그러기 위해서도…….

그때 문득 바람이 느껴졌다. 아리마 자리 쪽 창문이 열려 있었다.

일어나서 창문을 닫았다.

내 자리로 돌아오려던 순간, 무심코 교실 뒷문 쪽으로 시선을 돌렸다.

그곳에 누군가가 서 있었다.

"아……."

나도 모르게 소리가 새어 나왔다. 시야 안에 들어온 누군가를 알아차리자 놀라지 않을 수 없었다.

순간 내 세계가 고요해졌다.

심장의 고동을 느끼는 동안 그 인물이 천천히 발걸음을 옮겼다.

나는 그녀의 모습을 아무 말 없이 지켜볼 수밖에 없었다.

검고 긴 머리에 가녀린 팔다리. 갸름하고 시원한 눈매를 지닌, 무서울 정도로 아름다운 얼굴.

고등학교 교복을 살짝 흩뜨려 입은 그 인물이 나에게로 걸어왔다.

이윽고 내 앞에 멈춰 서더니 훗, 하고 웃었다.

"히구치, 꽤 즐거워 보이네. 내가 없는 동안 좋은 일이라도 있었어?"

미나세 린이 오랜만에 내 앞에 모습을 드러냈다.

그 애는 다시 미소를 짓고는 익숙한 듯이 창가 자리로 향했다.

1

정학 기간이 끝나 교실로 가니 반 아이들이 놀란 얼굴로 나를 쳐다봤다. 교실로 들어서는 찰나 귀에 들어온 말로 유추해 보건대 내가 학교를 그만둔 걸로 잘못 알고 있는 애들이 많은 모양이었다.

히구치까지 놀라는 걸 보자 솔직히 약간 열받는다.

히구치에게 인사하고 내 자리에 앉았다. 옆자리에 앉은 히구치가 살피듯이 나를 흘끔 바라보았다.

"왜?"

"아니, 아무것도……."

히구치는 시선을 돌리며 어색한 표정을 지었다.

잠시 후 조회가 시작되었다. 담임 선생님은 나에 관해서는 아무 말도 하지 않고 차분히 연락 사항을 전달했다. 방침인 건지 내 일을 반 아이들에게 설명할 생각은 없어 보였다.

심야 거리 배회에 음주, 거기에 더해 경찰 소동. 너무나도 어처구니가 없는 일이라 선생님이 설명하지 않아도 반 아이들 대부분이 이미 알고 있겠지.

히구치에게로 시선을 돌리자 마음이 편치 않은지 눈을 감고 있었다. 내가 학교에 오지 못하게 된 게 자신의 탓이라고 생각할지도 모른다.

히구치와는 초등학교 4학년 때부터 알고 지냈다.

그때부터 우리는 둘 다 교실에서 겉돌았다. 지금이나 옛날이나 나는 반항적인 데다 주위와 어울리려고 하지 않았고, 히구치는 너무 얌전해서 아이들에게 왕따를 당했다.

교실에서 마음 붙일 데가 없는 아이들이 잘 가는 장소는 대체로 뻔하다. 바로 도서실. 그곳에서 나는 히구치와 친해졌다. 동시에 히구치의 비밀도 알게 되었다.

이매지너리 프렌드imaginary friend라는 말이 있다.

본인에게만 보이는 특수한 '상상 속의 친구'를 가리키는 심리학 용어다.

나와 친해지기 전에 말 상대가 없었던 히구치에게는 그런 친구가 보였다고 한다.

실제로 나는 히구치가 허공에 대고 이야기하는 모습을 여러 번 보았다.

히구치에게 흥미를 갖게 된 것은 그 일이 계기였다.

다른 애들과 달리 재밌고 특이한 애구나 싶었다.

"애! 너 지금 누구랑 말했어? 아무도 없는데."

"응?"

어느 날 나는 도서실 한쪽 구석에서 혼자 이야기하고 있는 히구치에게 다가가 물었다.

당시 히구치는 자신에게만 보이는 친구에 관해 잘 모르고 있었다. 내가 나타나자마자 상상 친구가 사라진 듯, 히구치는 어리둥절한 표정으로 주변을 이리저리 둘러보았다.

"내 생각엔 말이지, 네가 말하던 상대는 이매지너리 프렌드란 애야. 자기한테만 보이는 상상 친구래. 책에서 읽은 적 있어."

"자기한테만 보이는 친구?"

"응. 근데 너, 나 누군지 알지?"

"으, 응. 미나세……, 맞지? 우리 반."

나는 내가 목격한 일에 흥미가 생겨 그때부터 책을 찾아보았다. 해외 아동문학 작품이었다. 일본 책과는 달리 난해한 부분이 있었지만 그 내용을 바탕으로 히구치에게 설명해 주었다.

상상 친구는 스스로 만들어낸 것이며 현실에서 자신이 살아갈 수 있도록 함께 놀기도 하고 그 외에 많은 것을 해준다. 하지만 마지막에는 사라지고 만다.

그 책을 보여주면서 설명하자 히구치는 눈동자를 반짝반짝 빛내며 열심히 들었다.

"그럼 나도 언젠가 그 애랑 헤어지는 거야?"

"그렇지 않을까?"

무뚝뚝하게 대답하자 히구치가 울상이 되었다. 한편으로 나는 히구치라는 아이 자체에 관심이 생겼다. 나약하고 듬직한 구석은 없지만 남들과는 다른 독특한 애. 히구치 유.

"뭐 그렇지만 상상 친구가 없어져도 내가 친구 해줄게. 그럼 되잖아."

히구치는 놀란 듯이 눈을 크게 떴고 그때부터 우리는

친구가 되었다.

서로 이야기를 주고받으면서 히구치가 생각보다 더 재미있는 아이라는 걸 알았다. 책을 많이 읽어서인지 아는 것도 많았고 여러 가지 화제로 이야기가 잘 통했다.

무엇보다 히구치는 본인이 따돌림을 당한 경험이 있어서 타인의 아픔에 민감했다. 조심성 없이 남에게 상처를 주거나 하지 않았다. 무심코 내뱉는 말의 무게를 알고 있는 아이였다.

비록 초등학생이었지만 나도 세상에는 다양한 사람이 존재한다는 사실을 알고 있었다.

자신을 잘나 보이게 하려고 타인에게 쉽게 상처 입히는 사람.

아무렇지도 않게 거짓말을 일삼는 사람.

착한 척하다가 자신에게 해가 미칠 것 같으면 도망치는 사람.

서른 명 가까운 학생이 모이는 초등학교 교실에도 다양한 아이들이 있었다.

그중에서 히구치는 아주 평범한 아이였지만 감탄할 정도로 착했다.

그저 아이들한테 괴롭힘을 당해 어두워졌을 뿐, 나라는

친구가 생기자 서서히 밝은 모습을 되찾았다. 단순한 사실이지만 친구 한 명이 있는 것만으로도 학교생활쯤은 쉽게 달라진다.

게다가 집단 따돌림이란 건 작은 교실에서 일어나는 일종의 유행병 같은 거다.

학년이 올라가 구성원이 바뀌자 말끔히 없어졌다.

따돌림 같은 건 대개 그런 걸지도 모른다.

다만 그 바람에 나는 약간 쓸쓸해졌다. 5학년 때도 같은 반이 되었지만 히구치에게는 자연스럽게 친구가 생기기 시작했고, 나 홀로 반에서 고립되었다.

결국 또 혼자구나. 학급이라는 테두리에서 떨어져 나온 나는 책상에 턱을 괴고 그런 생각을 했다.

"미나세, 집에 같이 가자."

하지만 나는 혼자가 아니었다. 히구치는 전과 다름없이 내게 말을 걸어왔다.

"히구치? 아니, 친구 생겼으니까 걔들하고 같이 가지 그래?"

"하지만…… 난 미나세랑 같이 가고 싶은데."

새로운 반에서는 겉도는 나와 반 친구들과의 소통을 히구치가 도맡아 하게 되었고, 나와 친구로 지낼 필요가 없는데도 히구치는 계속 옆에 있어 주었다.

……내가 그런 히구치를 좋아하고 있다는 걸 깨달은 건 언제였을까.

감정은 늘 투명해서, 분명히 있는데도 눈에 잘 보이지 않는다.

나도 모르는 사이에 그런 감정이 시작되었던 것 같다. 하지만 나는 그 감정을 알아차리지 못한 척했다.

6학년 때도 히구치와 같은 반이 되었다. 그 무렵에는 히구치가 왕따를 당했었다는 사실조차 대부분의 아이들의 머릿속에서 지워진 상태였다.

나와 친해지면서 히구치에게 상상 친구는 더 이상 나타나지 않는다고 했다.

달라진 건 그뿐만이 아니었다. 우리도 어느새 중학생이 되었다. 히구치는 중학교에 들어가자 눈에 띄게 달라졌다.

무엇보다 키가 부쩍 자랐고 근육이 조금 붙어서 초등학생 때와는 다른 사람이 되었다.

히구치를 두고 귀엽다거나 자상하다고 말하는 여자애들도 있었다.

초등학생 때, 우리는 순수하게 지낼 수 있었다. 남자는 남자이고 여자는 여자다.

남성도 여성도 아니다.

나는 연애에 들뜨거나 술렁거리는 동급생들을 비웃었다. 나는 그들과 다르다고 여겼다.

그런데 원인이 뭐였을까. 내 마음속에서 히구치가 만들기 과목과 국어를 잘하는 착한 남자애에서 우유부단하지만 자상한 남성으로 바뀐 게.

중학교에 올라가면서 반이 갈라졌음에도 변함없이 말을 걸어주어서일까.

내가 학교에서 혼자 외톨이로 있으면 바로 알아채고 다가와 주었기 때문일까.

체육 대회 때도, 문화 축제 때도 나를 발견하면 늘 웃는 얼굴로 손을 흔들어주곤 했다.

그런 히구치의 옆에 내 자리가 없다는 상상을 하면 가슴이 미어지게 아팠다.

나는 당혹스러워서, 견딜 수 없는 아픔의 원인에 대해 생각했다.

하지만 그다지 어려운 문제가 아니었다. 호들갑 떨 일도 아니다.

그저……, 사랑이었다. 가슴이 아플 만큼, 괴로울 만큼의 첫사랑이었다.

2

히구치의 존재를 의식하면서 오랜만에 학교생활을 했다.

수업은 아무 문제 없이 따라갈 수 있었다. 공부 자체는 싫지 않았다. 혼자 공부를 계속해 왔기에 오히려 수업 진도가 더 늦을 정도였다.

쉬는 시간에 교실에 있으면 모두가 약간 긴장하고 있다는 게 느껴졌다.

학급의 중심 무리에 속해 있는, 이름도 기억나지 않는 여자애들이 괜히 시비를 걸기도 했다. 뭔가 깔보는 듯한 말을 걸어왔지만 계속 모른 척하자 화를 내며 가버렸다.

"예쁘다고 뭐든지 용서될 거라고 생각하냐?"

"그런 생각 안 해. 애초에 뭐든지 용서받지 못하니까 학교에 못 오게 됐던 거고. 그거 모르는 거야?"

그 애가 자리를 뜨려 할 때 받아치자 귀신 같다고밖에 표현할 수 없는 무서운 얼굴로 나를 노려봤다.

네가 먼저 싸움 걸었잖아, 라고 생각했지만 이미 교실 분위기는 험악해졌다.

그게 싫어서 점심시간에는 옥상으로 올라갔다.

평소에는 잠겨 있는 옥상의 열쇠를, 나는 갖고 있었다.

학생 중에서는 나만 그곳에 자유롭게 드나들 수 있다.

옥상으로 향하는 계단을 올라가 문을 열려고 손잡이로 팔을 뻗었다. 그때 어떤 사실이 머릿속을 스쳤다.

아, 아니지. 나 말고 또 한 사람이 있다. 함께 열쇠를 만든 사람이…….

"히구치!"

문을 열자 옥상에 혼자 우두커니 서 있는 히구치가 보였다. 이름을 부르는 소리에 히구치가 뒤돌아보았다.

아마도 히구치는 내가 이곳에 오리라고 예상했을 것이다.

왠지 모르게 울 것 같은 표정이었다.

"여기서 뭐 해?"

"아니, 아무것도……."

내가 다가가며 묻자 히구치는 순간적으로 겁을 먹었다. 나는 무심코 멈춰 섰다.

거리를 두고 서로 바라보는데 초등학교 때와 달리 거리 감이 느껴져 슬펐다.

"히구치, 오늘 그 말밖에 안 하네. 아니 아무것도, 라고."

사실은 히구치랑 즐겁게 떠들고 싶다.

그런데 비꼬듯 말하고, 비꼬는 듯한 웃음만 보이고 말았다.

히구치는 뭔가를 주저하다가 잠시 후 내게 물었다.

"저기……, 말이야. 네가 학교에 올 수 없게 된 거, 역시 나 때문인 거야?"

"왜? 아니, 너하곤 아무 관계 없어."

"하지만 내가 너한테 심한 말을 한 다음 날이었잖아. 경찰이 오고 난리가 났다고 들었어."

히구치가 이런 말투로 이야기를 시작할 때면, 역시 저 애는 예민한 남자구나 싶다.

자상한 성격이 나쁜 쪽으로 나타난다. 너무 여리다. 나약한 사람이다.

하지만 히구치의 그런 면을 포함해서, 나는 조금도 싫어할 수가 없다. 나쁜 점도 좋은 점도 너무 잘 알고 있으니까. 가장 친하게 지낸 친구니까.

"뭐. 하지만 어쩔 수 없는 일이잖아."

"어쩔 수 없다니……."

"그렇잖아. 히구치는 나한테 아무 감정 없으니까."

사건의 발단은 어디서나 흔히 볼 수 있는 사사로운 연애 감정이다.

나는 히구치를 좋아했다. 나만의 사람이 되어주었으면 했다.

그래서 2주도 더 전의 어느 날, 진심을 알고 싶어서 방과 후 옥상에서 다그쳤다.

"있잖아, 히구치. 이제 웬만하면……, 이 관계 끝내고 싶어."

"이 관계라니?"

"난 히구치가 내 거였으면 좋겠어."

다른 표현을 썼더라면 어쩌면 조금은 달라졌을지도 모른다.

나는 애정을 표현하는 데 서툴렀다.

지금의 부모님에게 그런 애정 표현을 받아본 적이 없을 뿐더러 누군가에게 해준 적도 없다. 그래도 내 나름대로 마음을 전하려고 하면 꼭 어설픈 형태로 튀어나왔다.

"내 거라니, 무슨 그런 말을."

"그럼 뭐라고 해야 돼? 사귄다는 건 그런 거잖아? 내가 네 것이 되고 네가 내 것이 되는 거. 안 그래?"

당황해하던 히구치의 표정이 차츰 슬픈 얼굴로 바뀌었다. 내가 그런 식으로밖에 말하지 못하는 것을 슬퍼하는 듯했다.

"미나세, 네 사고방식은 조금 잘못된 거 같아."

"왜? 뭐가?"

"미안. 예전엔 그러지 않았는데 요즘은 널 잘 모르겠어. 그러니까……."

히구치는 끝까지 말을 잇지 못하더니 나를 혼자 남겨두고 옥상을 떠났다.

마음을 스쳐 가듯 불어온 바람이 미처 내게 닿을 새도 없이 사라졌다.

자업자득이기는 하지만……. 혼자 남겨지자 울음이 터져 나올 것만 같았다. 슬픔이 밀려오는 동시에 나 자신에게 화가 치밀어 올랐다.

옥상에 조금 더 머물다 혼자 집으로 돌아갔다. 늘 그렇듯이 집에는 아무도 없었다. 가족이 함께 살아야 할 단독주택에 나 혼자 있다.

그런 인생에도 익숙해졌다. 익숙해지고 싶지 않았는데 어느새 익숙해지고 말았다.

밖에는 이미 어둠이 깔리기 시작했지만 나는 사복으로 갈아입고 밖으로 나왔다. 어디든 시끌벅적한 곳으로 가고 싶어서 전철을 타고 번화가로 향했다.

목적지도 없이 거리를 돌아다녔다. 고개를 숙이고 땅만 내려다보면서 걸었던 것 같다.

평범하게 부모님이 있는 따뜻한 가정이라든가 솔직한

나 같은 게 어딘가에 있지 않을까, 하고 찾으려던 건지도 모른다.

하지만 그런 게 있을 리 없다. 땅에 떨어져 있을 리 없다. 여기저기서 흔히 볼 수 있는 건 인간의 욕망이나 꿍꿍이속 같은, 썩어 문드러져 질척한 것들뿐이다.

정신이 번쩍 들었을 때는 수작을 걸어온 모르는 남자에게 이끌려 어두컴컴한 바 같은 곳에 와 있었다. 점원은 그 남자와 잘 아는 사이였는지 신분증도 확인하지 않고 술을 내왔다.

그게 진짜 술이었는지는 모르겠다. 나중에 검사했을 때 내 숨에서 알코올이 검출되었다니까 틀림없을 것이다.

그 남자가 주는 대로 술을 받아 마시다가 도중에 화장실에 다녀오겠다고 말하고는 자리에서 일어났다. 화장실 옆에 가게를 소개하는 명함 같은 게 놓여 있었다. 그 명함을 집어 들고 화장실로 들어가 미성년자에게 술을 파는 가게가 있다고 경찰에 신고했다.

그 후의 일은 잘 기억나지 않는다. 조금 있다가 자리로 돌아와 점원과 옆자리 남자가 하는 이야기를 건성으로 들었다.

얼마 후 경찰이 가게에 들이닥쳤고 나는 그 자리에서

보호 조치 되었다.

경찰차를 타고 경찰서로 이동했다. 경찰이 부모님과 학교 쪽에 연락한 모양이었지만 부모님은 전화를 받지 않았다고 한다.

학교에는 연락이 닿아 담임 선생님과 교감 선생님이 나를 데리러 왔다. 심야에 가까운 시간이었기 때문에 그날은 담임 선생님이 차로 집까지 데려다주었다.

다음 날부터 재택 학습을 하게 되었다. 저녁 무렵 담임 선생님이 찾아와 정식 처분 내용을 알려주었다. 심야 길거리 배회와 음주, 게다가 경찰이 개입하는 상황으로까지 일이 커진 바람에 정학 처분이 내려졌다. 퇴학까지도 각오하고 있었지만 자세히 이야기를 들어보니 그런 처분에까지 이른 사례는 없었다고 한다.

담임 선생님이 부모님에게 전화로 설명했다고 했음에도 그분들은 내게 아무런 말도 하지 않았다.

반 아이들과 연락을 금지당한 채 짧고도 긴 등교 정지 기간을 홀로 보냈다.

그동안의 일들을 떠올리며 눈앞에 있는 히구치를 쳐다보았다.

가능하다면……, 말해주길 기대했다. 걱정했다고.

매사에 서툰 나를 알아봐 주면 좋겠다. 그리고 내 마음에 답해주길 바란다. 이제 나는 단지 친구로 지내기는 싫다. 히구치와 특별한 관계가 되고 싶었다.

그리고……. 우스운 이야기지만, 언젠가 평범하고 따뜻한 가정을 만들고 싶었다.

내가 미치도록 원했던 것을 함께 되찾고 싶었다.

하지만 히구치는 고개를 숙인 채 아무 말이 없었다.

답답하다.

나는 나한테만 들릴 정도로 자그마한 목소리로 말했다.

히구치는 나와의 관계를 바꾸고 싶지 않은 게 분명하다. 그래서 침묵을 택한 거다.

"이제 됐어."

나는 침묵을 견디지 못하고 먼저 말을 꺼냈다.

"정학은 네 탓이 아니야. 내 생활 태도가 잘못되었던 거고 애초에 밤중에 밖에 돌아다닌 게 원인이니까."

나는 왠지 비아냥거리듯이 입술을 비틀며 웃었다. 대체 나는 그런 웃음을 어디서 배운 걸까. 초등학교 때는 그렇게 웃지 않았을 텐데.

"그럼 갈게."

붙잡으라고.

"아 참, 옥상에 올라와 있는 모습은 아무쪼록 남들한테 들키지 마."

이런 말을 하고 싶은 게 아니었는데.

"그리고 말이야, 교실에서 흘끔흘끔 쳐다보는 것도 그 만하고."

너랑 더 얘기하고 싶어.

"……그럼, 이만."

끝내 히구치는 내게 한마디도 하지 않았다.

그저 괴로운 듯이, 슬픈 듯이 내 얼굴을 바라보고만 있 었다.

3

오랜만에 등교한 나는 다시 학교생활을 시작했다.

다음 날도 착실히 교실로 향했다. 내가 나타나면 반 아 이들이 순간적으로 조용해졌지만 그런 반응도 언젠가 없 어지겠지.

막연히 생각하곤 한다. 나는 이 학교생활에서 무얼 기

억하고 무얼 잊게 될까.

조회 시간에는 담임 선생님이 내일 있을 구기 대회에 관해 이야기했다.

구기 대회 이야기는 정학 기간 중에도 들었다. 팀 분위기를 망치고 싶지 않아서 나는 참가하지 않기로 했다.

수업이 시작되고 멍하니 선생님의 이야기를 들었다.

옆에서 날아드는 시선을 가끔 느꼈지만 히구치가 내게 말을 거는 일은 없었다.

이렇게 가까운 거리에 있는데도 전처럼 얘기할 수가 없다.

히구치와 한마디도 하지 않은 채, 어느새 구기 대회 당일을 맞이했다.

체육복으로 갈아입기는 했지만 견학만 할 예정이라 달리 할 일이 없었다. 도서실에서 자율 학습을 하며 시간을 보냈다. 그러나 얼마 못 가 지루해진 나는 신발을 갈아 신고 건물 현관을 나섰다.

구기 대회가 열리고 있는 교내는 활기로 가득 차 있었다. 곳곳에서 학생들의 들뜬 목소리가 떠들썩하게 들려왔다.

운동장에서는 남학생들이 축구 시합을 벌이고 있었다.

슬쩍 찾아봤지만 히구치는 그곳에 없었다. 다른 학생들 틈에 섞여 경기를 보다가 싫증이 나 다른 곳으로 가려는데 오전 일정이 끝났음을 알리는 종이 울렸다.

오후에도 학교 안 곳곳에서 경기가 진행된다. 나는 무의식적으로 히구치를 찾았다.

체육관에서는 농구와 배구 경기가 진행되고 있었다. 축구 못지않게 인기가 많은 종목인지 농구 경기를 응원하는 사람이 많았다. 터질듯한 함성이 울렸다.

그런 농구와 달리 배구 경기는 조용히 진행되었다. 그곳에서 마침내 내가 찾아 헤매던 인물을 발견했다. 히구치가 선수로 뛰고 있었다.

남들 눈에 띄지 않도록 체육관 구석 자리에 서서 히구치를 지켜보았다.

딱히 멋있는 건 아니다. 특별한 분위기가 있는 것도 아니다.

그런데도 나는 히구치가 아니면 안 된다. 언젠가 이 사랑이 끝났을 때 왜 그런 사람을 좋아했을까, 하고 의아해할 날이 올까.

운명적인 사랑 같은 건 존재하지 않는다. 그걸 알면서도 그때그때 누군가를 사랑하게 되는 걸까.

환하게 웃는 히구치를 떠올리며 가슴이 먹먹해지는 일도…….

경기가 끝나자마자 히구치에게 들키지 않도록 체육관을 빠져나왔다. 밖에서 기다리고 있자니 경기를 마친 학생들이 잇따라 모습을 드러냈다.

이윽고 밖으로 나온 히구치가 나를 보고는 놀란 표정을 지었다.

그렇게 놀라지 말라고! 상처받잖아.

"이겼어?"

결과는 알고 있었지만 시합을 몰래 봤다는 걸 들키고 싶지 않았다.

대화할 거리를 찾으려고 물었을 뿐이다.

"뭐……. 하지만 승패가 전부는 아니니까."

"무슨, 전부지."

"참가하는 데 의미가 있다고들 하잖아."

"그거 혹시, 패배에 대한 변명 아냐?"

약간 어색하기는 했지만 자연스럽게 이야기할 수 있었다. 그 사실에 감동한 나 자신이 어처구니가 없다. 이럴 거였으면 고백 따위 하지 말았어야 했다.

그랬다면 우리는 지금보다 더 편하게 지냈을 것이다. 대화도 예전처럼 할 수 있었을 텐데.

서로 놀리기도 하고 소소한 일들을 종알거리면서…….

어라? 하지만 나, 히구치에게 어떤 식으로 말을 했었지?

대화가 한번 끊어지면 이상하게 당황하고 만다. 히구치와 순수하고 편안하게 이야기를 나누고 싶다.

"음, 그러니까……."

이렇게 서툴고 삐딱해도 나는 나 자신을 너무 잘 안다.

소심한 성격이라 항상 강해 보이려 했고 빈틈을 만들지 않으려고 애썼다. 한 번이라도 빈틈을 보이면 사람들은 꼭 그곳을 파고들기 때문이다.

"미나세, 넌 엄마랑 아빠가 운동회에 오신 적이 한 번도 없지?"

"우리 엄마가 그러더라. 미나세는 사생아 아니냐고."

"미나세 너네는 왜 참관 수업 때 아무도 안 와?"

자칫 방심하면 떠올리고 싶지 않은 말들이 가슴을 아프게 찌르며 되살아나곤 했다.

그런 아픔에서 나 자신을 지키기 위해, 초등학생 때부터 나와 사람들과의 사이에 벽을 세워놓았다.

벽이 있으면 편했다. 하지만 사방에 벽을 쌓아두면 손에 넣을 수 없는 것이 있다.

누군가를 좋아하는 일. 그것이야말로……, 가장 큰 빈틈이었는데.

그래도 나는 가지려 했다. 인생에서 아마도 처음으로 원하는 것을 갖겠다는 의지가 생겼다.

기꺼이 빈틈을 보이며 서툰 대로 히구치에게 손을 내밀었다.

"있잖아, 히구치."

침묵을 깨고 말을 꺼내자 히구치가 내게 시선을 돌렸다.

히구치의 눈동자에 비친 나는 어떤 모습일까. 웃고 있을까. 예쁘게 보일까.

나는 웃음을 띠려고 뺨에 힘을 주었다. 그리고……

"저기……, 말이야. 이제 상상 친구나 그런 건 안 보이는 거지?"

말을 내뱉은 순간, 왜 하필이면 그런 말을 고른 걸까 싶어서 나 자신이 더없이 싫어졌다. 그런데도 말이 멈춰지질 않았다. 착지할 지점을 계속 찾고 있었다.

"너 초등학교 때, 혼자서 허공에다 얘기하고 그랬잖아."

히구치의 얼굴을 똑바로 쳐다보지 못한 채 계속 말을 이었다.

"내가 한동안 학교에 나오지 못해서……. 너 얘기할 사람이 줄었으니까. 그런 게 또 나타나지는 않았나 하고 궁금했어."

하하, 하고 메마른 웃음을 지은 뒤 큰맘 먹고 히구치에게 시선을 돌렸다.

히구치는 슬픈 표정을 하고 있었다. 그러고는 아무런 말도 없이 내 옆을 스쳐 지나갔다.

화가 난 모양이다. 내가 자신을 놀린다고 생각했을지도 모른다.

대체 몇 번째냐. 이렇게 나 자신에게 실망하는 게.

나도 나 자신을 이렇게 싫어하고 싶지 않다. 남들에게 말하면 창피하니까 절대 입 밖에 내지는 않지만 나 역시 나를 자랑스럽게 여기고 싶다. 자상한 사람이고 싶다.

그런데 늘 잘되질 않는다.

나는 왜 이렇게 비뚤어진 걸까. 어째서 솔직하지 못한 걸까.

보통 사람들은 나 같지 않고 순순하겠지. 평범한 가정에서 자란 평범한 아이라면.

체육관에서 아이들의 웃음소리가 들려왔다. 그 소리와 동떨어진 곳에서 나는 혼자였다.

그렇게 나 자신을 몰아붙이는 한편, 이래도 괜찮은 걸

까, 하고 생각을 고쳐먹었다.

히구치에게 사과하자. 미안하다고 제대로 말해야지. 말로 전하면 분명 알아줄 거야. 아직 늦지 않았을지도 모른다.

이미 모습을 감춘 히구치를 찾으려고 나는 그 자리에서 뛰쳐나갔다. 스쳐 지나가던 아이가 그런 나를 놀란 눈으로 쳐다보았다.

나, 왜 달리고 있는 거지? 우스꽝스러울 텐데. 지금 당장 멈춰 서서 이 빈틈을 감추고 싶다.

도도하고 똑똑하게 보이고 싶다. 냉정하고 이성적으로 굴고 싶다.

그렇게 생각하는 내가 존재하는 동시에, 더 빨리 달려가고 싶어 하는 내가 있었다.

히구치가 갈 만한 장소는 짐작이 갔다. 옥상이다. 어쩌면 지난번처럼 나를 기다리고 있을지도 모른다.

히구치가 있을 거라는 생각에 숨을 고르고 머리를 매만졌다.

긴장한 채로 옥상 문 손잡이를 잡았는데 문이 잠겨 있지 않았다.

그렇다면 히구치가 있는 거다. 그렇게 생각한 순간 문

너머에서 목소리가 들려왔다.

"미나세랑은⋯⋯."

뜻밖에도 히구치가 누군가와 이야기를 나누고 있었다. 내 이름을 말했다.

그것만으로도 심장이 아플 만큼 요동쳤다.

"그런 사이 아냐. 질긴 악연 같은 거지."

그 순간 소중하게 여기던 무언가가 와르르 무너져 내리는 소리를 들었다.

이 정도일 거라고 상상했던 것보다 훨씬 더 크고 슬픈 울림이었다.

어⋯⋯? 질긴 악연?

이게 무슨 말이지? 히구치가 날 그런 식으로 생각한다고?

몸이 움츠러들고 저절로 고개가 아래로 떨어졌다. 옥상 문 손잡이에서 손을 떼었다.

결국 우리는 앞으로도 그저 타인인 걸까. 친구 이상은 될 수 없는 걸까.

어째서. 뭐가 잘못된 거지?

내가 전부 잘못한 건가. 솔직하지 못해서, 삐딱해서.

눈물이 쏟아질 것만 같아 조용히 그 자리를 빠져나왔다.

첫사랑은 이루어지지 않는다는 말만이 머릿속에서 거품처럼 떠오르다가 사라졌다.

히구치 유

II

1

아리마가 전학 관련 일로 학교에 나오지 않는 동안 구기 대회가 열렸다.

요 며칠 사이 나를 둘러싼 환경에 변화가 생겼다.

구기 대회 당일, 나는 배구 경기에 선수로 참가했다. 오전 중에 간신히 몇 경기를 이겨서 오후에는 결승전을 치렀다.

오전 경기가 끝나고 체육관에서 나왔을 때 미나세가 서 있었다.

"이겼어?"

미나세의 물음에 뭐라고 대답했는지 잘 기억나지 않는다. 미나세랑 한번 제대로 이야기를 해야 하는데, 막상 눈

107

앞에 마주하면 잘 되지 않았다. 대화를 나누다 도중에 도망치듯 피해버렸다.

혼자 있고 싶은 마음에 발걸음이 저절로 옥상으로 향했다. 열쇠라면 체육복 주머니에 들어 있다. 늘 가는 계단을 올라가 열쇠로 문을 열고 옥상으로 걸어나갔다.

내 존재 자체를 뒤흔들기라도 하려는 듯 강한 바람이 불었다.

……이럴 때, 누군가가 옆에 있어 주면 좋을 텐데.

나는 확실히 모순덩어리다. 혼자 있고 싶어서 옥상에 왔으면서 절실하게 타인을 갈구했다. 누군가와 이야기를 하고 싶었다.

꼭 진지하고 절실한 이야기일 필요는 없다. 가벼운 마음으로 나눌 수 있는 사소한 얘기라도 좋다.

사람은 누구나 타인이고, 사람과 사람 사이에는 틈이 있기 마련일지라도…….

기분 탓일까. 문득 등 뒤에서 기척이 느껴져 무심코 뒤를 돌아보았다.

"애썼어. 히구치."

순간 놀라서 말이 나오지 않았다. 생각지도 못했던 인물이 거기에 서 있었기 때문이다.

내 앞에 모습을 드러낸 사람은 아리마였다. 학교에 오지 못한다고 했던 아이가 느닷없이 옥상에 나타나 친근한 웃음을 짓고 있었다.

나는 무척 놀랐지만 한편으로는 왠지 안도감이 들었다.

"아리마······. 학교에 와 있었구나."

"응. 오늘은 볼일이 오전에 끝났거든. 모처럼 구기 대회 날이니까 용맹한 네 모습을 내 눈으로 직접 보고 싶어서."

"용맹은 무슨, 거창하게."

"아니지, 용맹 맞아. 놀랐는걸. 배구 진짜 잘하더라."

감탄하듯 칭찬하는 말을 들으니 약간 쑥스러웠다.

"뭐야. 시합 본 거야?"

"응. 중간부터지만. 네가 알아보게 꺄악, 꺄악 소리라도 지를 걸 그랬나?"

"왜, 단말마 같은 비명이라도 지르지 그랬어?"

"잠깐만! 체육관에서 무슨 사건이라도 일어났어? 내가 피해자고?"

장난치며 이야기를 하다 보니 어깨에 잔뜩 들어갔던 힘이 빠져나갔다. 나는 아리마 앞에서 편하게 웃고 있었다.

"그런데 설마, 너희 팀이 우승할 거라고는 상상도 못 했어."

그러나 그 한마디에 금방 복잡한 심경이 되었다. 미나세에게는 보여주지 못했기 때문이다.

미나세 린이라는 존재에게서 도망치면서도 한편으론 그 애에게 깊이 사로잡혀 있었다.

"그런데 말이야. 뭐 하나 궁금한 게 있는데 물어봐도 돼?"

아무 말 없는 나에게 아리마가 머뭇거리며 물었다.

웬일로 어딘가 긴장한 것처럼 보였다.

"궁금한 거?"

"응. 저기, 너랑 같은 중학교 나온 애한테 들은 건데……."

"아!"

"니, 미나세라는 아이랑 사귀었던 거야?"

아리마의 입에서 미나세라는 이름이 나온 것에 당황하지 않았다면 거짓말이다.

하지만 함께 지내는 이상 언젠가는 그 화제가 나올지도 모른다고 각오하고 있었다.

다시 입을 다물자 아리마가 나를 배려하는 말투로 말을 이었다.

"아, 미안. 개인적인 일에 참견했네. 곤란한 걸 물어봤나 봐."

"괜찮아. 신경 쓰지 마. 미나세랑은 초등학생 때부터 같이 다녔어."

"소꿉친구? 집이 가까웠거나."

"미나세랑은……, 그런 사이 아냐. 질긴 악연 같은 거지."

질긴 악연. 미나세와의 관계를 놀리는 동급생에게, 부끄러워서 과거에 그렇게 얘기한 적이 있었다.

후회했으면서도 또다시 그런 말로 얼버무리려 하다니.

"아, 아니야. 미안. 질긴 악연이 아니고, 나한테는 무척 소중한 사람이야."

"그렇구나."

"응, 하지만……."

망설였다. 미나세와의 일을 아리마에게 어떻게 말해야 하나.

고민하고 있는데 아리마가 환하게 웃었다.

"있잖아, 혹시 난처한 일이 있으면 언제든지 내가 상담해 줄게."

"상담?"

"우린 친구잖아? 해결해 주지는 못하더라도 같이 고민해 줄 수는 있으니까. 나, 네가 고민하는 거 귀담아 들어 줄게."

내게는 복잡하기만 했던 친구라는 단어가 이때처럼 든 든하게 느껴지기는 처음이었다.

해결해 줄 수는 없어도 함께 고민해 준다. 이 말이 어쩐 지 구원처럼 다가왔다.

아니면 그것이야말로 사람들이 친구에게 바라는 것일 지도 모른다.

저절로 웃음이 흘러나와 아리마를 바라보았다.

"안 지 얼마 안 됐지만 넌 정말 좋은 애구나."

"갑자기 왜 그래? 돼지도 칭찬하면 나무에 올라간다더 니 설마 날 치켜세워서 나무에라도 오르게 할 셈이야?"

"너라면 정말로 오를 것 같아서, 좀 재미있네."

"아무렴, 나 여잔데. 올라……, 가지는 않지."

"왜 잠깐 망설인 거지?"

아리마와 그런 이야기를 주고받다 보니 초등학교 저학 년 때의 일이 다시 떠올랐다.

그 무렵 내게는 나한테만 보이는 상상 친구가 있었다.

하지만 미나세라는 친구가 생기자 그 상상 친구는 차츰 나타나지 않게 되었다.

그래도 나는 궁금해서 상상 친구에 관해 상세히 알아보 았다. 상상 친구는 유령이나 환상 같은 것이 아니라 자신의 무의식이 만들어내는 거라고 했다.

본인이 안고 있는 문제를 무의식이 감지하고 그 문제를 의식적으로 해결하기 위해 '친구'라는 형태로 나타나는 것. 하지만 상상 친구가 보이는 건 대부분 어릴 때다.

두 번 다시 내 앞에 상상 친구가 나타날 일은 없을 거라고 생각했다.

그렇게 믿고 있었다. 하지만…….

상상 친구

심리학에서 사용하는 현상 용어 중 하나로 주로 학동기學童期, 즉 초등학생 연령대에 나타나는 상상 속의 친구를 가리킨다. 상상 친구는 본인에게만 보이며 실제 존재하는 인물처럼 현실감 있게 대화가 이루어져 아이들의 마음을 지탱해 주는 친구 역할을 한다.

주로 학동기에 보이는 현상이기는 하지만 청소년기 이후에도 지속되거나 새롭게 나타나는 사례가 있다. 학동기에 상상 친구를 가졌던 사람 중 약 절반이 12세 이후에도 계속 상상 친구를 만난다는 보고 사례도 있다.

상상 친구는 어떠한 역할을 가지고 나타나는 경우가 많으며 친구나 동급생 등의──

최근에 다시 읽은 문장을 떠올렸다. 과거에 상상 친구가 나타났던 사람은 어린 시절뿐만 아니라 그 이후에도…….

그때 종소리가 울렸다. 축제와도 같은 구기 대회가 끝났다. 순간 아리마가 체육관을 돌아보았다.

"끝났네, 구기 대회."

"……그러게."

"난 학교 쉬기로 한 날인데 온 거니까 이대로 조용히 돌아갈게."

"나도 교실에 가야 하니까 중간까지 같이 가."

실내로 들어가는 문을 열고 계단을 내려갔다.

아래층에 다다르자 아리마가 "그럼 이만" 인사하고는 빌길을 돌렸다.

"저기, 아리마!"

나는 한 가지 각오를 다지고 아리마를 불러세웠다. 아리마가 돌아보았다.

"왜?"

"그게……, 만약에 말이야."

"응."

"사실 넌, 존재하지 않는 사람이고……, 내가 맘대로 너라는 사람을 상상해서 친구처럼 이야기하는 거라면 어떨

거 같아? 조금 객관적인 의견을 듣고 싶어서."

두서가 없고 이치에도 맞지 않지만, 상냥한 아리마에게 의지하는 마음으로 물어봤다.

의미를 알 수 없는 질문을 받아도 아리마는 밝은 모습을 잃지 않았다. 웃는 얼굴을 보여주었다.

"그게 뭐야, SF 영화 같네."

"하긴, 그럴지도."

내가 애매하게 웃자 "그러게" 하고는 아리마가 생각에 잠겼다.

이윽고 아리마가 대답했다.

"현실을 똑바로 보라고 충고할지도 모르겠어. 응. 분명 그럴 거야. 도망치지 말고 현실을 마주해야 해, 히구치."

아리마의 말투는 나를 놀리는 것처럼 들리기도 했다.

하지만 진지함을 감추지 못하고 똑바로 나를 바라보고 있었다.

나는 살짝 웃으며 고개를 끄덕였다.

"하긴, 아리마 말이 맞아."

구기 대회 다음 날도 당연히 학교 수업이 진행되었다.

피곤해서 푹 잘 수 있을 것 같았지만 막상 밤이 되자 이런저런 생각에 빠져 늦은 시간에 잠이 들었다. 결국 아침에 늦잠을 자는 바람에 하마터면 지각을 할 뻔했다. 교실의 옆자리에는⋯⋯.

"안녕, 히구치!"

아리마가 나를 보며 웃고 있었다. 어딘가 마음속에서 기뻐하는 나 자신을 알아차리고는 조금 어이가 없었다.

"전학 관련 일은 이제 다 끝난 거야?"

"아직이긴 하지만 오늘은 시간이 났어. 아니 그보다, 괜찮아? 교실에서 나랑 얘길 다 하고."

"뭐 어때, 잠깐 정도야. 그리고 남들이 어떻게 생각하든 상관없어."

아리마는 그렇게 말하는 나를 웃으며 바라보았다.

"완전히 친구잖아, 우리."

"아무래도 그런 거 같아."

미나세가 없는 날은 아리마가 있다고 해야 하나, 아리마가 없는 날은 미나세가 있다고 해야 하나⋯⋯. 결국 그날은 미나세가 교실에 모습을 드러내지 않았다.

다음 날은 평소보다 일찍 교실로 향했다.

반 아이들이 등교하기 시작하는데도 아리마는 끝내 나타나지 않았다.

미나세도 모습을 보이지 않았다.

나는 지금까지 줄곧 의식하지 않으려 피해왔다. 생각하지 않으려 했다.

나는 내 인생에서 미나세를 어떤 위치에 두고 싶은 걸까.

오후에는 몸이 안 좋다는 핑계를 대고 조퇴했다. 교복 차림으로 옆 동네를 돌아다녔다.

학교가 아니더라도 어딘가에서 미나세를 만날 수 있지 않을까 하는 기대가 있어서였다.

무작정 거리를 어슬렁거리는데 불현듯 아리마의 말이 머릿속을 스쳤다.

'현실을 똑바로 보라고 충고할지도 모르겠어.'

나는 멈춰 서서 생각했다. 나 자신에게, 생각이 미칠까봐 두려워하는 심정으로.

나에게 현실이란 과연 뭘까.

학교. 미래. 가족.

그리고 미나세.

생각을 다지듯 다시 발걸음을 뗐다. 혼잡한 거리로 섞여들었다.

걷다가 지쳐 사람이 잘 다니지 않는 한쪽 구석에서 숨을 고르고 있을 때였다. 문득 시선을 옆으로 돌리다가 소스라치게 놀랐다. 낯익은 누군가가 시야에 들어왔다.

그 여학생은 나를 가만히 바라보고 있었다.

긴장해서 목구멍이 딱 달라붙을 것만 같았다. 그래도 마음을 단단히 먹고 말을 걸었다.

"미나세!"

발걸음을 옮겨 미나세에게로 다가갔다.

나를 바라보는 미나세의 눈동자 안에서, 나는 어떻게든 내 표정을 찾으려 하고 있었다.

미
나
세
린

II

1

히구치와 얼굴을 마주하기가 어색해서 학교에는 가고
싶지 않았다.

구기 대회 날은 도중에 속이 안 좋다고 말하고 보건실
로 가 침대에 누워 있다가 모두 돌아가고 아무도 없을 즈
음 혼자서 집으로 갔다.

다음 날은 정말로 몸이 안 좋았다.

그다음 날에는 컨디션이 돌아왔지만 학교에 연락해 아
직도 아프다고 거짓말을 했다. 그로써 쉽게 결석할 수 있
었다. 하지만 집에 있긴 싫어서 사복으로 갈아입고 거리로
나갔다.

……처음부터 알고 있었지만 그곳에도 내가 마음 붙일 곳은 없었다.

나는 어디에 있든, 이곳이 내 안식처라는 느낌이 들지 않았다.

언제까지나 이방인이다. 이 세상에서 나는 골치 아픈 타인이다.

점심시간이 되어 햄버거 가게로 들어갔다. 대학생으로 보이는 사람들이 떠들썩하게 식사를 하고 있었다.

나는 일인용 좌석에 앉아 주문한 햄버거를 조금씩 베어 먹었다.

맛이 없지도 있지도 않다. 혼자 먹으면 맛이 잘 느껴지지 않는다.

인생에서 가장 맛있었던 식사는 언제였을까. 답을 바로 찾을 수 있었다.

초등학교 5학년 때쯤의 일이다. 처음 간 놀이공원에서 싸 가지고 간 도시락을 먹었다.

내가 아침 일찍 일어나 만들었다. 히구치와 둘이서 놀러 간다는 게 너무 기뻐서…….

히구치, 히구치, 히구치. 싫다. 내 머릿속은 온통 히구치로 가득 차 있다. 히구치는 나한테 조금도 관심이 없다는데.

점심을 다 먹고 다시 거리를 슬렁슬렁 걷기 시작했다.

한동안 그러고 다니다가 눈을 의심할 만한 광경이 시야에 꽂히듯 들어왔다.

웬일인지 교복을 입은 히구치가 거리에 있었다. 잘못 본 건가 싶었지만, 아니다. 히구치가 건물에 등을 기대고 쉬고 있었다. 누군가를 찾고 있는 듯 보였다.

멈춰 서서 그런 히구치의 모습을 아무 말 없이 바라보았다.

"미나세!"

마침내 히구치도 나를 알아보았다. 누가 먼저랄 것도 없이 우리는 서로를 향해 걸어갔다.

"어쩐 일이야, 히구치. 설마, 땡땡이?"

만나서 반갑기만 한데 나는 그만 또 공격적으로 말하고 말았다.

히구치는 잠시 멈칫하는 듯했지만 어색하게 웃으며 대답했다.

"아무렇지도 않게 학교를 이틀이나 땡땡이친 사람이 뭐라는 거야?"

"땡땡이친 거 아니거든, 몸이 안 좋다고 연락했으니까."

"그랬어?"

"거짓말이야."

"뭐야, 또."

"뭐 사실은 진짜지만."

"미나세, 너 날 놀리는 거지?"

조금만 대화를 나눠도 금세 예전의 우리로 돌아갈 수 있다. 나는 그렇게 믿었다.

그런 한편 히구치와 이야기하고 있자니 그날 들었던 대화가 머릿속에 되살아났다.

'미나세랑은 그런 사이 아냐. 질긴 악연 같은 거지.'

그때 누구와 이야기했던 걸까. 그 말은 히구치의 본심일까.

……나는 또 상처받을지 모른다. 그래도 번민에 시달리며 밤을 꼴딱 새우는 것보다 낫다. 상처를 받더라도 히구치에게 확실한 말을 듣고 싶다.

"있잖아, 히구치. 저기……, 지금 시간 좀 있어?"

"응?"

"시간 괜찮으면 말이야. 차, 차라도 마시지 않을래? 할 얘기도 있고."

아, 촌스러워. 아무렇지 않은 척하고 싶었는데, 목소리가 떨려 나왔는지도 모르겠다.

하지만 히구치는 놀라면서도 "알았어" 하고 고개를 끄덕였다.

우리는 카페로 가서 각자 커피를 주문하고 카운터석에 앉았다.

나는 언제나, 진짜 나를 겉으로 드러내지 않으려 하고 있다. 무언가에 상처받아도 그건 진짜 내가 아니니까 상처받은 게 아니라고, 그렇게 자신을 속이려 했다.

하지만 원하는 게 생겼을 때는 어쩔 수 없이 진짜 나를 깨닫게 된다.

사랑이란 때때로 괴롭다.

남자는 다를지 몰라도 여자인 나는, 진심으로 한 사람밖에 좋아할 수가 없다.

좋아하게 된 그 상대가 꼭 나를 좋아하리라는 보장은 없다.

그 사람을 좋아하게 되는 과정에서 그리고 좋아하게 된 뒤로도 수없이 상처받는다. 자신이 부정당하는 기분이 들기도 하고 스스로 자신을 부정하고 싶어지기도 한다.

지금까지 마음의 문을 닫아걸고 만들어온 나라는 사람이 사실은 나약하기 짝이 없는 존재라는 걸 깨닫게 된다.

하지만……. 상처받지 않으려고 도망쳐서는 안 된다. 진정으로 원하는 것이 있다면.

"저기, 요전번에 구기 대회 있었잖아."

작정하고 말을 꺼내자 히구치가 나에게로 시선을 돌렸다.

"나랑 체육관에서 헤어지고 나서……. 히구치, 옥상에서 누군가랑 얘기하고 있었지?"

내가 묻자 히구치가 약간 눈을 크게 떴다.

"이야기, 들은 거야?"

"옥상이 너만의 장소는 아니니까. 누구랑 얘기했는데?"

"그게……, 같은 반 애."

"흐응."

침묵이 이어졌다. 손에 쥔 컵 안에 가득 찬 검은 액체는 아무런 파문도 없이 그저 잠잠했다.

그 고요함과 달리 내 심장은 격하게 요동치고 있었다.

말은 마치 칼과도 같다. 다루기가 쉽지만 매우 어렵기도 하다.

나는 말을 사용하면서 언제나 말 이상의 것을 동경했다.

가령 서로 나눌 수 있는 따뜻함이라든지, 거기서 오는 기쁨이라든지…….

"미나세?"

나도 모르게 히구치의 손을 잡고 있었다. 얼굴이 빨개졌을 것 같아 히구치를 쳐다보지는 않았다.

말, 말, 말. 어쩔 수 없이 불확실한 암호들.

하지만 말이 있기에 우리는 이어진다. 전하고 싶은 생각이나 마음을 전할 수 있다.

"나 그때, 너무 슬펐어. 질긴 악연이라니……. 너랑 내가, 그런 사이인 거야?"

두려움과 긴장으로 손이 떨려왔다. 만약 "응. 맞아"라고 대답하면 어쩌지.

1초가 너무 길었다. 단 몇 초가 무한인 것처럼 느껴졌다.

하지만 그런 시간에도 끝은 오기 마련이다.

용기를 내서 눈을 마주 보니 히구치가 진지한 표정으로 나를 바라보고 있었다.

"아니야."

히구치는 확실하게 대답했다. 그러고는 미안해하는 표정으로 말을 계속했다.

"미안, 그런 말 해서. 난 미나세를 질긴 악연이라고 생각 안 해. 그때는 무심코 그런 식으로 말이 나와버렸지만……. 미나세를 소중하게 여기고 있어."

나를 소중하게? 그건 친구로서일까. 아니면 그 이상

의…….

가슴속 깊은 곳에서 기쁘면서도 애절한 감정이 솟구쳐 말이 잘 나오지 않았다.

"아……. 그, 그렇구나."

"응. 그, 그래."

나는 지금 히구치에게 무슨 말을 할 수 있을까. 무슨 말을 하고 싶은 걸까. 필사적으로 그것을 찾았다. 찾기를 포기하지 않겠어.

설령 말이란 게 어쩔 수 없이 불확실한 암호에 지나지 않을지라도.

"저기, 나……. 지금까지 미안!"

"응? 왜 그래, 미나세?"

"뭔가 내 멋대로 행동했어. 돌이켜보면 히구치 생각은 조금도 하지 않았던 거야.

"아냐. 그건."

"나 너랑 화해하고 싶어. 싸움……, 을 한 건 아니지만. 다시 예전처럼 편하게 이야기하고 싶어. 너랑 웃고 싶어."

나는 이미 즐거운 일도 슬픈 일도, 히구치를 통해서밖에 느끼지 못하는 존재가 되어 있었다. 별것 아닌 사소한 일로 상처를 받기도 하고, 반대로 아주 작은 일로 말할 수 없는 기쁨을 느끼기도 한다.

내가 솔직한 마음을 털어놓자 히구치는 가슴이 울컥한 모양이었다.

"나야말로 미안. 미나세를 피하기만 하고."

"무슨. 내가 잘못했지."

"아냐, 내가……."

서로 사과를 주고받다가 아직도 손을 잡은 채 그대로 있다는 사실을 깨달았다. 그제야 당황해서 잡고 있던 손을 얼른 놓았다. 히구치도 부끄러웠는지 둘 다 말이 없어졌다.

하지만 이 침묵은 조금 전의 침묵과는 종류가 달랐다.

그 증거로 둘이서 얼굴을 마주 보며 누가 먼저랄 것도 없이 웃고 있었다.

"왜 웃고 그래! 히구치."

"너야말로."

나는 오늘 새삼스럽게 내가 나약하고 소심하다는 것을 알게 되었다. 그런데도 서로 마주하고 제대로 사과할 수 있어서 좋았다.

앞으로 또 우리는 새롭게 시작할 수 있을 것이다. 초조해하지 말고 천천히.

그런 생각을 하다가 문득 가게 안에 있는 사람들이 우

릴 쳐다보고 있다는 걸 깨달았다.

사람들은 주로 히구치를 보고 있었다. 교복 차림이라 유난히 눈에 띄는 걸지도 모른다.

"근데 히구치, 수업을 빼먹고 나올 거면 사복이라도 갖고 왔어야지."

히구치도 사람들의 시선을 알아차렸던 듯, 내가 작게 속삭이자 난처한 웃음을 지었다.

"그렇긴 한데, 사실은 수업을 빼먹을 생각이 아니었어."

"그래? 그럼 혹시 교실에 내가 없어서 찾으러 온 거야?"

"그건……. 음, 그게."

히구치는 말을 흐리면서 왠지 수줍어했다. 나는 기뻐서 씨익 웃었다.

"하지만 그 차림으로 다니면 다들 이상하게 볼 테니까."

"아, 응."

"괜찮으면 지금부터 옷 보러 가지 않을래? 내가 골라줄게."

그렇게 제안한 나는 대답을 듣지도 않고 다짜고짜 히구치의 손을 잡아끌었다.

히구치는 역시 놀란 눈치였지만 내가 웃어 보이자 따라 웃었다.

"좋았어! 가자."

2

마침 쇼핑몰이 가까이에 있어서 유명한 패스트패션fast fashion(최신 유행을 반영하여 의류를 빠르게 생산, 유통, 판매하는 패션 상표 및 그 업종) 매장에서 히구치의 옷을 고르기로 했다.

그때쯤에는 이미 예전의 우리로 돌아와 있었다. 편안한 분위기에서 서로 놀리기도 하고 그에 반격하기도 하면서 신나게 떠들었다.

매장에서 히구치에게 어울릴 만한 옷을 발견했다. 히구치의 가슴에 옷을 안겨주며 피팅룸으로 밀어 넣었다.

잠시 후 커튼이 열렸다.

심플한 셔츠와 청바지를 입은 히구치가 쑥스러운 표정으로 서 있었다.

"이거……, 어딘가 좀 이상하지 않나?"

"전혀 이상하지 않아. 설마 내 패션 감각을 못 믿는 거야?"

농담을 섞어 말하자 히구치가 멋쩍게 웃었다.

"그건 아니지만. 옷 같은 덴 관심이 없어서 잘 모르거든."

"흠. 근데 라인이 생각보다 좀 애매하긴 해. 다른 옷 가져올 테니까 기다려봐."

"어? 자, 잠깐. 미나세."

옷을 사서 갈아입은 뒤 우리는 쇼핑몰을 구경하며 돌아다녔다.

나는 약간 들떠 있었다. 함께 아이스크림도 먹고 싶고 게임 센터에서 놀고도 싶다. 윈도쇼핑도 하고 싶다. 결국 우리는 몇 시간 동안 이 모든 걸 다 했다.

정신없이 놀다 보니 순식간에 저녁이 되었다. 어두워지기 전에 전철을 탔다.

전철 안에서 히구치와 이야기하며 다시금 지금까지의 나를 돌아보게 되었다. 물론 반성하는 건 나답지 않다. 하지만 나는 오늘 나 자신을 바꾸고 싶었다.

무엇보다 말하지 않으면 전해지지 않는 것도 있다는 걸 확실히 알았으니까.

"왠지 나 혼자만 즐거워한 거 같아. 미안."

솔직히 사과하자 히구치가 놀랐다. "너답지 않은걸"이라며 내가 한 생각과 똑같은 말을 했다. 농담을 섞어서 따지자 석양을 등진 히구치가 다정하게 미소 지었다.

"근데 나도 즐거웠어. ……고마워, 미나세."

"정말? 즐거웠어?"

"응. 초등학교 때 일들이 떠올랐어."

"그거, 혹시……."

"기억나? 미나세가 놀이공원에 가본 적 없다고 해서 둘이 놀러 갔잖아? 그때도 오늘처럼 휘둘렸던 기억이 났어."

내게 뿌리박힌 정서는 내 생각보다 순수한 것 같다. 보물로 간직하고 있는 추억을 히구치도 기억하고 있어서 너무 기뻤다.

하지만 그런 내 마음을 내보이고 싶지 않아 그만 얼버무리고 말았다.

"응 그랬었지. 그보다……, 휘둘리는 느낌이었구나. 오늘도 그날도."

"어? 아니, 그게 아니라."

당황하는 히구치의 모습이 또 귀여워서 웃음이 났다.

어쩐지 오랜만에, 솔직했던 무렵의 나로 되돌아가 티없이 웃은 것 같았다.

그야말로 초등학생 때 히구치와 놀이공원에서 함께 놀던 그때처럼.

3

집으로 돌아간 나는 한 가지 생각에 빠졌다.

자신을 바꾸고 싶다는 마음이 들었을 때, 그 사람이 두려워하는 건 뭘까 하고.

새로운 한 발짝, 자신의 새로운 말.

아마도 사람들은 그런 걸 두려워하는 거겠지. 경우에 따라선 새로운 말과 행동이 지금까지의 자신을 부정하는 셈이 될 수도 있으니까.

그렇지만, 말장난처럼 여겨질 수도 있지만…….

내일을 바꾸고 싶다면 어제와 다른 일을 해야 한다.

나는 오늘 간절히 변하고 싶다고 생각했다. 더는 삐딱하게 굴지 않고 비꼬듯 웃고 싶지 않다.

세상과 사람들에게서 나쁜 면만 보지 않고 좋은 면을 보고 싶다. 어린 시절의 순수했던 나로 돌아가 히구치와 다정하게 웃고 싶다.

그것이 나에게는 새로운 말이었다. 내게 유리한 이론만 모아 무장하고 자신 안에 틀어박혀 상대를 깔봐서는 안 된다.

그래서는 어디에도 다다를 수 없으며 진정한 의미에서

그 누구와도 만날 수 없다.

무수히 상처받고 숱하게 배신당할지 모른다. 생명을 가지고 살아가는 데는 아픔이 따른다. 그래도 나는 똑같이 생명을 가진 사람들과 어울려 살아가야 한다.

사람과 사람 사이에서, 인간으로서 살아가야 한다.

주말에도 생각을 거듭한 끝에 그렇게 결론을 내렸다. 월요일에는 아침 일찍 일어났다.

어제의 내가 하지 못한 일을 하나씩 해나가자고 마음먹었다. 아침을 제대로 차려서 먹고 등교 준비를 했다. 아무리 싫고 귀찮아도 학교는 빠지지 않을 생각이다.

그런데 교실로 들어서자 이상한 일이 벌어져 있었다.

창가 내 자리에 어디서 본 듯도 하고 아닌 듯도 한 여자애가 앉아 있었다.

"아……, 저기."

그 애 말에 따르면, 지난주 금요일 오후에 자리를 바꿨다고 한다.

얼마 후 히구치도 교실에 나타났다. 나처럼 모두의 자리가 바뀌어 있는 데 당혹스러워했다.

눈이 마주치자 수줍게 미소를 지으며 "안녕!" 하고 인사를 건네왔다.

모두가 눈치 보며 조심스러워하는 내게 말을 건 탓인지 교실에 있던 아이들이 긴장하는 것처럼 보였다.

　"응. 안녕, 히구치!"

　그런 분위기 속에서도 나는, 내 나름대로 부드럽게 웃어 보였다. 부드럽게, 웃고 싶었다.

　히구치와 자리가 떨어진 건 아쉬웠지만 우리는 예전의 관계로 돌아와 있었다.

　쉬는 시간에 혼자 있으면 히구치가 자연스럽게 말을 걸어왔다. 이동 수업이 있을 때는 함께 걸어가며 대수롭지 않은 이야기를 나눴다.

　나는 정말 뭘 초조해했던 걸까. 조급해하지 말고 천천히 걸어가자.

　그리고 남의 일처럼 바라보던 이 세계를 내 것으로서 사랑해 보자.

　그날을 계기로 나는 약간 달라졌다. 누구나 하는 일에서 도망치지 말고 평범한 생활 속으로 들어가자고 마음먹었다.

　이제 와 평범함 속에 녹아들려고 한들 당연히 바로 잘될 리 없다.

　반 아이 중에는 나를 적대시하고 뒤에서 흉을 보는 애

들도 있다.

그렇지만 더는 교실 분위기를 해치지 않기 위해서라도 내 나름대로 애써보기로 했다.

"안녕!"

어느 날 아침, 그런 아이들에게 인사하자 놀란 표정을 짓더니 의아한 눈초리로 나를 바라보았다. 예전에 귀신같이 무서운 얼굴로 노려보던 아이가 속해 있는 무리다.

내 인사를 못 본 척, 못 들은 척했다. 무시당했지만 나는 아랑곳하지 않고 다음 날도 인사를 건넸다.

무시가 계속되었음에도 포기하지 않고 일주일 이상 인사를 이어가던 어느 날, 반응이 달라졌다.

"안녕!"

"⋯⋯아아, 응."

"어?"

"아니, '어'라니? 네가 매일 인사하니까 귀찮아서 대답한 거뿐인데."

"⋯⋯솔직히 그게 무슨 이론인지 잘 모르겠다만."

"너, 뭐야? 역시 싸움 거는 거냐?"

"아니야. 미안."

내가 사과하자 그 애는 고개를 돌려 다른 곳을 쳐다보

았다.

그렇다고 당장 뭔가가 달라질 거라고 안일하게 생각하진 않았다. 지금까지 내가 보인 반항적인 태도나 상대에게 당한 괴롭힘이 없던 일이 될 거라고도 생각하지 않았다.

다만 나로서는 큰 진전이었다. 행동함으로써 무언가를 바꿀 수 있었으니까.

수업을 열심히 듣고 숙제도 꾀부리지 않고 전부 해냈다. 숙제를 어려워하는 친구가 있으면 과감히 먼저 손을 내밀었다. 괜한 오지랖일지도 모르지만 도움이 되어주려고 노력했다.

이 세계는 나만의 것이니까. 눈에 들어오는 것 모두가 내 인생이다.

이 세계를, 인생을, 내 나름대로 조금이라도 더 나아지게 만들려고 애썼다.

"저기, 미나세. 안녕."

내 노력 때문이라기보다는 단지 모두가 좋은 사람이어서였을 것이다. 아니면 나와 다른 여자애들 사이의 적대적인 관계가 누그러들어 교실이 평화로워진 건지도 모른다.

일주일, 2주일 계속 노력해 나가는 동안 반에서 겉돌던 나를 대하는 아이들의 태도가 조금씩 달라졌다. 조심스럽

게 인사하는 애들이 늘어나고 체육 수업 시간에도 이제 혼
자가 아니었다.

쉬는 시간에 말을 걸어오는 애들도 생겼다.

공부만큼은 잘했기 때문에 같이 숙제를 하거나 어려워
하는 과목을 가르쳐주는 시간이 늘어났다.

숙제를 도와준 답례라며 뭔가를 주는 아이도 있었다.

한 아이가 내가 가고 싶어 했던 놀이공원의 할인 쿠폰
을 주었을 때는 나 자신도 놀랐다.

"이거 가족끼리 놀러 갈 때 쓰려고 산 건데 못 가게 됐
어. 괜찮으면 너 가져. 전에 여기 가고 싶다고 했잖아? 반
값 정도 할인되거든."

"그렇지만 미안해서."

"무료 티켓도 아니고 할인 쿠폰인데 뭘. 괜찮아."

아무리 할인권이라 해도 괜히 마음 쓰게 한 것 같아 미
안했다. 우리 반 부반장으로 내가 반에 어울릴 수 있도록
늘 배려해 주는 아이였다.

머뭇거리며 쿠폰을 건네받았을 때 바로 쉬는 시간 종료
를 알리는 종이 울렸다.

부반장은 쿠폰을 손에 쥔 내 모습을 확인하고는 살짝
웃었다.

"괜한 참견인지는 몰라도 히구치하고 같이 가는 게 어때?"

"어? 아니 뭐. 걔랑은……."

"의외로 두 사람 잘 어울리는 거 같더라. 그럼 나 간다!"

그런 말을 남기고 가버렸다.

어떻게 해야 할지 망설였지만 마음을 써준 것이니 호의를 받아들이기로 했다.

겸연쩍은 웃음을 흘리다 문득 생각했다. 예전 같았으면 이런 타인의 호의도 믿지 않았을 것이다. 아니면 답례는 받더라도 호의는 저버렸을지 모른다. 그랬던 것이…….

"있잖아, 히구치."

"응? 왜?"

언제 어떻게 말을 꺼낼까 고민하고 있는데, 다음 쉬는 시간에 기회가 왔다.

히구치가 복도로 나가는 것을 보고 쫓아가 용기 내 말을 걸었다.

"저기, 이번 일요일에 혹시 시간 돼?"

"딱히 일정은 없는데, 왜?"

"으응. 그렇구나."

"어, 왜 물어본 거야?"

"그럼, 저기…… 놀이공원에 안 갈래? 할인 쿠폰이 생겼거든."

히구치는 아무 대답이 없었다.

나는 얼굴이 빨개졌을 것 같아서 히구치의 표정을 살피지도 못했다.

단순히 놀란 걸까. 망설이는 걸까. 아니면 거절할 핑곗거리를 찾고 있는 걸까.

"조, 좋아."

얼마 후 히구치가 대답했다. 나는 무심코 시선을 돌렸다.

아무렇지도 않은 표정을 짓고 있었지만 히구치의 귀가 새빨개져 있었다.

4

히구치와 약속한 일요일 아침, 나는 일찍 일어나 도시락을 썼다.

생각해 보니 초등학교 5학년 때 운동회 다음 날, 놀이공원에 가져가려고 같은 일을 한 적이 있었다.

운동회에서 나는 혼자였다. 그건 아무래도 상관없었다.

늘 그랬으니까.

다만 히구치는 그런 내가 마음이 쓰였던 모양이다.

부모님이 와 계신데도 점심시간에 나와 함께 있어 주었다. 각자 도시락을 먹다 말고 히구치가 불현듯 뭔가 생각난 듯이 말했다.

"아 참, 아까 엄마가 그러시는데 친척한테 놀이공원 티켓을 받으셨대. 그런데 유효기간이 얼마 안 남았나 봐."

놀이공원이라는 말이 낯설었다. 어쩐지 애들 같아서 유치하다고 여겼다.

하지만 사실은 동경하고 있었던 것 같다. 애초에 나는 갈 수 없는 곳이라는 걸 알았기에 스스로 그것을 우습게 여기고 있었다. 가치가 없다고 믿으려 했다.

"놀이공원?"

"응. 여기서 멀지 않은 곳에 꽤 유명한 데가 있어."

"실은 나, 놀이공원에 가본 적 없어."

"그럼, 내일 둘이서 가볼래? 마침 대체 휴일이고 평일이라 사람도 얼마 없을 테니까."

초등학생이면서도 히구치는 우리 집안 상황을 대략 짐작하고 있었다. 어쩌면 부모님께 미리 의논했을지도 모른다. 그래서 놀이공원에 가자고 과감히 말했던 게 아닐까.

그런 생각을 떠올리면서 도시락을 다 만들었다.

시계를 보니 슬슬 나가야 할 시간이었다. 토트백에 도시락통을 넣었다. 묵직한 무게감이 느껴져 만족스러웠다. 히구치가 좋아하는 음식도 많이 들어 있다.

현관문을 연 나는, 바보 같을지 모르지만 아무도 없는 집에 대고 힘차게 외쳤다.

"다녀오겠습니다!"

5분 일찍 약속 장소인 역 앞에 도착했다.

먼저 와 있던 히구치는 내가 쇼핑몰에서 골라준 옷을 입고 있었다.

"안녕, 미나세."

패션 심사를 받을 거라고 생각했는지 약간 긴장한 상태였다.

그런 모습은 처음이라 인사도 하지 않고 가만히 쳐다보았다.

"왜 그래, 그렇게 쳐다보지 마."

"네가 긴장한 게 잘못이지. 봐달라고 하는 거잖아."

"그보다 너, 짐이 너무 많은 거 아냐?"

"응? 아아, 이거? 자, 들어줘."

"이거, 설마……."

"세게 흔들면 우리 점심이 엉망이 되니까 조심해서 들어."

놀라는 히구치에게 웃음을 보이며 "이제 가자" 하고 재촉했다. 우리는 개찰구로 향했다.

목적지에는 10시가 조금 지나서 도착했다. 초등학생 때 왔던 그 놀이공원이다.

오늘은 나도 히구치도 신나게 놀 준비가 되어 있었다. 날씨도 좋아서 초여름의 싱그러운 햇살이 놀이공원 안을 비추고 있었다. 효율적으로 돌면서 놀이기구를 타기 위해 둘이 안내 책자를 펼쳐 들었다.

"지금 시간대는 한산할 테니까 우선 여기부터 가볼까?"

"에, 거기?"

히구치가 맨 처음 고른 건, 관람차였다.

할 수 없이 하자는 대로 따르긴 했지만 확실히 아침부터 관람차를 타는 사람이 드물어서 그런지 텅 비어 있었다. 게다가 관람차에서는 공원을 한눈에 내려다볼 수 있어서 나는 어느새 신이 났다.

"우와! 놀이공원에 와 있는 사람이 이렇게 많구나!"

"관람차를 맨 먼저 타길 잘했지?"

나도 모르게 감탄사를 내지르자 히구치가 의기양양하게 물었다.

……어쩐지 아니꼬운걸. 그래서 나는 관람차 다음에 탈 놀이기구로 회전 그네를 선택했다. 이때부터 본격적으로 신나게 놀이공원을 즐기기 시작했다.

"앗, 이 회전 그네……."

"이제 초등학생도 아닌데, 괜찮지? 히구치."

높은 공중에서 휙휙 돌아가는 회전 그네는 초등학생 때 히구치가 무서워서 타지 못한 놀이기구였다. "빨리 가자" 하고 히구치를 재촉했다. 그러고는 둘이 소리를 질러대며 공중을 날아다녔다.

그때부터는 두 사람 중 누가 더 안 무서워하는지 겨루는 승부가 되어버렸다. 차례차례 스릴 있는 놀이기구에 도전했다. 우리는 주위 시선을 아랑곳하지 않고 아이처럼 마음껏 소리를 질러대며 놀이공원을 차례로 돌았다.

"히구치, 이번엔 이거 타자. 빨리."

"알았으니까 소매 좀 그만 잡아당겨."

지금 이렇게나 인생을 즐기고 있다는 게 놀라웠다. 놀이공원에서 한껏 들떠 돌아다니는 내 모습이라니, 히구치를 알기 전의 나였다면 도저히 생각할 수 없는 일이었다.

고독했던 무렵의 내게 말해주고 싶다.

설령 혼자가 되어 자신을 지킬 용기를 잃고 삐딱해져서

145

는 빈틈을 보이지 않으려고 기를 쓰는 것밖에 방법이 없더라도……. 고독에 지지 말고 미래를 믿기를.

언젠가 너는 히구치라는 독특한 애를 만날 테니까.

평범하고 다정하고 나를 웃게 해주는 이상한 애와 학교 도서실에서 만나게 될 테니까.

그런 생각을 하며 히구치와 신나게 놀이공원을 돌았다.

"미나세, 이제 점심 먹을까? 배고파."

히구치가 말했다. 대기 시간이 짧아 좋아라, 하며 연달아 놀이기구를 타다 보니 어느덧 점심시간이 지나 있었다.

"그럼 승부는 내가 이긴 걸로, 이의 없지?"

"너 옛날부터 참 지기 싫어하더라. 성적도 나보다 더 잘 받으려고 하고."

"네가 내 말 잘 듣게 하려면 다 이겨야 하거든."

"네네, 내가 진 걸로 됐으니까 얼른 도시락 먹게 해주세요."

"옳지, 착하지!"

코인 로커에 넣어두었던 가방을 꺼내 들고 휴게 공간으로 향했다.

파라솔이 펼쳐져 있는 탁자에 도시락을 꺼내놓자 히구치가 기쁜 표정으로 두 손을 들어 가슴 앞에 모았다.

"그럼, 잘 먹겠습니다!"

"아, 먹기 전에 손 닦아. 물티슈도 가져왔으니까."

평소에는 혼자니까 손이 많이 가는 음식은 만들지 않지만 요리는 나름 할 줄 알았다.

샌드위치며 닭튀김, 햄버그스테이크를 보더니 히구치가 좋아하며 부지런히 젓가락을 놀렸다. 채소도 먹으라고 잔소리하자 마지못한 표정으로 샐러드를 집어 들었다.

"하하핫, 나 진짜……."

"미나세, 왜 웃어?"

"으응. 아무것도 아니야."

너무 평화로워서 눈물이 날 것만 같았다.

기분 좋은 바람이 불어오고 햇살은 낮잠 자기 딱 좋을 만큼 따사로웠다. 때때로 멀리서 함성이 들려왔지만 귀가 아플 정도는 아니었다. 고요하다.

옆에는 너무나도 좋아하는 사람이 있고, 그 사람과 마주 웃으면서 소소한 이야기를 나누고 있다. 앞으로도 히구치와의 사이에 이런 시간이 흐르면 좋겠다.

변함없이, 영원히…….

다만 마음 편한 이야기만 하고 있을 수는 없다. 입시가 기다리고 있다.

"그런데 말이야, 히구치는 입시 어떻게 할 거야? 어느 학교 지원할지 정했어?"

집에서 물병에 담아온 차를 히구치에게 주려고 종이컵에 따랐다. 차를 건네면서 묻자 히구치는 "아니"라고 대답했다.

"어느 정도 좁히기는 했지만 아직 1지망 학교는 결정하지 못했어."

"그렇구나. 이래저래 하다 보니 이제 반년밖에 안 남았네."

"여름이 있으니까 그렇게 조급해하지 않아도 괜찮겠지."

밝게 웃는 히구치에게 나는 "그렇지만" 하고 충고하듯이 말했다.

"중학교 3학년 여름은 눈 깜짝할 사이에 지나간다던데? **고등학교 입시** 준비, 열심히 해야 해."

어른이 다 된 것처럼 굴지만 우리는 아직 중학교 3학년이다. 경찰서에 가서 등교 정지도 당해보고, 히구치와 사이가 틀어질 뻔하기도 하며, 지난 몇 달 동안 정말 많은 일이 있었다.

중학교는 의무교육이라 퇴학 처분이 없다는 사실조차 예전의 나는 알지 못했다.

중학생과 고등학생 사이에는 그 밖에도 분명 여러 가지 차이가 있겠지.

"고등학생이 되면 히구치는 하고 싶은 일 있어?"

내가 막연한 질문을 던지자 히구치는 "응?" 하더니 생각에 잠겼다.

"글쎄……. 학교 땡땡이치고 노래방 가는 거 해보고 싶어."

"하고 싶은 일이 땡땡이치고 노래방?"

"중학생은 어린아이나 마찬가지라 지난번에 주위 사람들 시선이 꽤 신경 쓰였거든. 하지만 고등학생이 되면 아무도 흘끔흘끔 보지 않을 것 같아서."

하긴 그때 주변 시선이 신경 쓰여 혼났다. 옷을 사서 갈아입기는 했지만 히구치는 학교를 빼먹고 나온 중학생으로밖에 보이지 않았다.

"그러는 넌 뭔가 있어? 고등학생이 되면 하고 싶은 거."

"나? 으음. 아! 구기 대회 응원하고 싶어."

"그거야말로, 왜?"

"지난번 구기 대회는 응원하지 못하기도 했고 히구치가 이기는 걸 보고 싶어서. 아니 그보다 배구부인데 왜 배구 시합에서 진 거야?"

"배구는 단체경기니까. 한 사람만 잘해서 되는 게 아니거든."

"그럼 약속해. 꼭 응원하러 갈 테니까 고등학교 구기 대회에선 우승하기!"

"너, 내 말 제대로 들은 거야?"

우리는 그렇게 미래의 일이나 별것 아닌 소소한 이야기를 재잘거리며 함께 웃었다.

점심을 다 먹은 뒤 다시 짐을 코인 로커에 넣고 질리지도 않고 또 돌아가며 스릴 만점의 놀이기구를 탔다. 중학생답게 줄곧 소리를 지르며 신나게 놀았다.

그 탓인지 놀이공원에 저녁노을이 깔리기 시작할 무렵에는 몸이 녹초가 되어 있었다. 돌아가는 전철에서 분명 잠이 들 것 같았지만 기분 좋은 피로감이었다.

초등학생 때 그랬던 것처럼 가게에서 기념품을 사고 로커에서 짐을 꺼냈다.

"오늘 즐거웠어, 히구치."

"진짜 재밌었어. 같이 오자고 해줘서 고마워."

"별소릴 다 한다. 이제 그만, 돌아갈까?"

그렇게 말하고 출구로 향할 때였다. 얼마 안 가 캡슐 장난감 판매기가 쭉 늘어서 있는 것을 발견했다. "우아, 추억 돋네"라며 히구치가 걸음을 멈췄다.

"이거, 아직도 여기 있구나."

"초등학생 때부터 있었잖아. 남자들은 정말 이런 거 좋아한다니까."

나는 무심한 척했지만 속으로는 적잖이 당황했다.

그런 나를, 그리고 그 이유를 히구치가 눈치챈 것 같지는 않았다.

"그날 돌아가는 길에도 코인 로커에서 반환받은 돈으로 이거 뽑았었지."

"히구치, 기억하고 있었구나?"

"그럼. 공돈이라고 생각하고 대형 캡슐 장난감을 뽑았잖아. 호화 경품이라고 쓰여 있었는데 모조 혼인신고서가 나와서 놀랐던 거 기억나."

"맞아. 그런 거 있었지."

나는 빨리 이 화제를 넘겨버리려 했지만 히구치는 그때의 일을 또렷이 기억하고 있었다.

"돌아가는 전철에서 장난삼아 둘이 이름 쓰고 그랬잖아. 그거 지금……."

"그보다 히구치, 서두르지 않으면 다음 전철 놓칠 수도 있어. 빨리 가자고."

너무 부끄러워서, 그 모조 혼인신고서를 보물로 간직하고 있다는 걸 들키고 싶지 않았다.

지금은 내 손에 없지만 그건 분명히, 아직도…….

다행히 전철을 놓치지 않고 잘 탔다. 다만 예상대로 둘다 잠들고 말았다. 나중에 눈을 떴을 때 깜짝 놀라 주위를 둘러보았는데 목적지에 도착하기 전이었다.

안도의 숨을 내쉬는 내 옆에서 히구치가 편안하게 풀어진 표정으로 잠들어 있었다.

사랑은 손쉽게 사람을 바보로 만든다. 그렇게 잠든 모습조차 사랑스럽게 느껴졌다. 나는 히구치가 알아차리지 못하게 히구치의 어깨에 살짝 머리를 기댔다.

……그건 아마도 평범한 일요일의 풍경일 것이다. 문득 전철 안을 둘러보니 우리처럼 서로 기대어 잠든 가족이나 연인으로 보이는 사람들이 여럿 있었다.

내가 너무나도 갖고 싶었던 것. 애타게 원했던 것.

평범한 이 풍경 속에 나는 히구치와 함께 들어 있었다. 콧속이 찡하고 아파왔다.

"오늘 정말 고마웠어, 히구치."

중얼거리는 내 목소리가 전철 소리에 묻혔다. 전철 안

은 아름다운 오렌지빛으로 둘러싸여 사람들의 윤곽을 금 빛으로 희미하게 비추고 있었다.

지금까지 본 적도 느껴본 적도 없는 따뜻한 풍경이었 다. 눈이 부시도록.

그 뒤로도 나는 늘 히구치와 함께였다.

놀이공원에 다녀온 다음 주부터 기말고사가 시작되었 다. 히구치와 둘이서, 때로는 반 아이들과 어울려 매일같 이 방과 후에 도서실에서 공부했다.

기말고사가 끝나고 여름방학이 코앞으로 다가왔다.

한 번밖에 없는 중학교 3학년의 여름을 거의 매일 히구 치와 함께 보냈다.

동네 도서관에서 만나 입시 공부를 하고 때로는 바람을 쐬러 밖으로 놀러 나갔다. 노래방, 볼링 그리고 바다. 시간 과 용돈이 허락하는 한, 둘이서 여름의 추억을 만들었다.

이제는 나도 히구치를 만날 때 무리하지 않고 자연스럽 게 대할 수 있었다. 초등학교 여름방학 때 했던 식물 관찰 처럼 두 사람 사이에 애정이 자라나기를 기다렸다.

잘 키우면 분명 꽃이 필 테니까. 그렇게 믿으니까.

그리고 기쁘게도……, 잘 자랐다. 꽃을 피웠다.

"나, 널 좋아해."

여름방학이 끝나가던 어느 날, 동네에서 열린 불꽃 축제를 구경하고 집으로 돌아가는 길이었다. 축제의 여운에 잠겨서 나란히 걸어가는데 히구치가 갑자기 멈춰 서더니 내게 고백했다.

나는 내심 놀랐으나 진지한 눈빛을 하고 있는 히구치를 말없이 바라보았다.

다른 사람들이 보기에 히구치는 특별한 사람이 아닐 것이다.

확실히 말하자면 오히려 평범하다.

하지만 이제는 안다. 우리는 특별한 무언가를 좋아하는 것이 아니다. 특별히 뛰어난 것을 보고 사랑하는 게 아니다. 그건 단지 표식이나 계기에 지나지 않는다.

그도 그럴 것이 우리는 그 사람 자체를 사랑하며 살아가고 있으니까.

"히구치⋯⋯, 뭘 기다려?"

내가 미소를 띠면서 묻자 히구치는 살짝 눈썹을 치켜세웠다.

"대답 기다리지."

"그런 거, 말 안 해도 알잖아. 오히려 기다리고 있던 사람은 나니까."

내 입은 이제 비꼬는 웃음을 짓지 않았다. 온화하고 부드러워졌다.

"나는 전부터 히구치를 좋아했어. 듬직하지는 않아도 다정한 히구치를. 늘 나와 함께 있어 준 너를. 초등학생 때부터 쭉……."

말만으로는 불확실하다. 무언가 확실한 것을 하고 싶었다.

과감히 눈을 감았다.

8월의 눅진한 밤바람이 뺨을 쓰다듬듯 불어오고 히구치가 긴장한 채로 입술을 포갰다.

몸속에 뿌리내리고 있던 고독이 서서히 윤곽을 잃어갔다.

정말 좋아했던 아빠. 자상했던 엄마. 그 모든 것은 돌아오지 않는다는 것.

나를 슬프게 한 과거가 소리도 없이 질량을 줄여갔다.

이 행복을 잊지 말고 살아가자. 잊지 않으면 분명 괜찮을 테니까.

히구치가 살짝 떨어지자 나는 눈꺼풀을 들어 올리며 기도했다.

내 인생이여. 뒤틀리는 일 없이 똑바로 나아가라. 타인에게 감사받는 사람이 돼라.

천국에 계신 부모님도, 내가 그러기를 바랄 테니까. 셋을 세면 새로운 나로…….

하나, 둘, 셋.

눈을 뜬 세계에서는 히구치가 내게 따뜻한 미소를 보내고 있었다.

그날부터 히구치와 나는 연인이 되었다. 그렇다고 해서 뭔가가 크게 달라진 건 아니다. 우리는 여느 때와 다름없는 우리다. 언제나 곁에 있으면서 함께 웃었다.

달라진 게 있다면 때때로 손을 잡게 되었다는 것. 힘을 주어 잡으면 히구치도 다정하게 꼭 맞쥐어 주었다. 그 힘이 애틋해서 나는 가끔 눈물이 날 것만 같았다.

머지않아 여름이 끝나고 가을이 찾아올 것이다.

나는 히구치와 사귀면서 사람들에게 무방비해졌다. 그래서 상처받는 일도 있었지만 무방비 상태로 있는 나 자신을 사랑했다. 사랑하려고 노력했다.

가을의 끝자락인 11월로 들어서자 동급생들의 대다수가 본격적으로 입시 공부에 몰두하기 시작했다.

히구치와 나는 공립 인문계 고등학교로 지망 학교를 좁

했다. 입시 대책을 세우고, 학원에 다니는 대신 참고서를 사 함께 공부했다. 우리는 주말이면 주로 옆 동네 대형 서점으로 향했다.

그리고 나서 가까운 도서관에서 저녁때까지 공부하는 것이 일과가 되었다.

-정말 미안해. 약속해 놓고서.

하지만 어느 일요일, 히구치가 감기에 걸려 약속을 취소했다.

메시지로 히구치는 그 일을 자꾸 사과했다.

-괜찮다니까. 신경 쓰지 마. 푹 쉬어. 네가 잘못한 게 아니잖아.

-미나세, 넌 정말 특이한 애야.

-응? 왜? 뜬금없이 무슨 말이야?

-예전 같았으면 이럴 때 비꼬는 말을 던졌을 텐데.

-바보. 이상한 말 하지 말고 빨리 감기 나아. 월요일에 다 나아서 오지 않으면 벌금이야!

별것 없는 메시지 내용에도 웃음이 흘러나왔다. 나는 혼자 외출할 채비를 차렸다.

새로운 참고서를 사기 위해 전철을 타고 옆 동네로 갔다. 역에서 내려 서점을 향해 걸었다.

"아, 비행기구름이다."

오늘 하루 일정을 생각하며 걷다가 무심코 멈춰 서서 하늘을 바라보았다.

머리 위 하늘은 끝없이 푸르렀고, 고요한 구름이 유유히 흐르고 있었다. 그 가운데 비행기구름 한 줄기가 멀리 상공을 가로질렀다.

구름이 빛을 받아 투명하게 비치는 멋진 광경이었다. 지금이라면 느낀 그대로 말할 수 있을 것 같았다.

"하늘, 너무 예쁘다."

예전의 나는 하늘의 아름다움을 느낄 여유조차 없었다.

지금 이 하늘을 찍어두자. 히구치가 다 나으면 사진을 보여줘야지. 나답지 않은 행동이라고 놀릴 테지만, 그래도 상관없다.

나는 지금 이렇게 세상의 아름다움을 느낄 수 있으니까.

그리고 살아 있기만 하면, 이렇게 또 아름다운 것을 발견할 수 있다. 느낄 수 있다.

이런 것을 거듭 체감하면서 자연히 생각하게 될지도 모른다.

살아 있다는 건 좋은 거구나, 하고.

그렇게 인도에 멈춰 서서 스마트폰을 하늘로 들어 올렸

을 때였다.

갑자기 타이어가 도로를 긁는 불온한 소리가 들려왔다.

소리가 나는 방향으로 무심코 시선을 돌렸다. 그 순간부터 시간이 천천히 흘러갔다.

승용차 한 대가, 내가 서 있는 인도를 향해 돌진해 오고 있었다.

세상의 속도가 극도로 느려졌다. 온통 슬로모션으로 감싸였다.

운전자의 얼굴이 보였다. 눈을 크게 뜨고 놀란 듯 입을 벌리고 있었다.

아……, 죄송해요.

나는 누구에게 사과했던 걸까. 히구치인가, 하늘나라에 계신 부모님인가.

아니면 차를 운전하고 있는 저 사람인가.

저 사람의 인생을 위해서도 나는 도망쳐야 한다. 하지만 너무나도 갑작스러운 일이라 몸을 옴짝달싹할 수 없었다. 그대로 차가 나를 향해…….

눈을 뜨자 하늘이 나를 내려다보고 있었다. 주변에서 많은 사람들의 목소리가 웅성웅성 들려왔다. 몸이 너무도 무겁고 춥고 졸렸다.

내 상태를 알 수가 없다. 분명히 나는 차에 치여…….

시선을 옆으로 옮기자 가방에 넣어두었던 책이며 필기구가 길바닥에 널브러져 있었다.

그 가운데 소중한 물건이 눈에 띄었다.

히구치와 화해하던 날 게임 센터에서 뽑은 동물 모양의 키홀더였다.

나만의 기념품을 갖고 싶어서 히구치에게 뽑아달라고 졸랐다.

그 후로 더러워지거나 상처가 나지 않도록 조심하면서 소중히 갖고 다녔다.

내게는 어울리지 않을지도 모르지만 히구치와의 기억이 담겨 있는 보물이니까.

나는 필사적으로 그 보물에 손을 뻗었다. 간신히 손에 닿자 안도감이 몰려왔다.

하지만 마음이 안정되자 또다시 졸음이 쏟아졌다.

눈꺼풀이 감기는 순간 히구치의 모습이 머릿속에 떠올랐다.

여전히 내 상태를 알 수 없었다. 어쩌면 나는 이미, 틀렸는지도 모른다.

그래도, 아니 그렇기에 더더욱, 하고 싶은 말이 있다.

전하고 싶은 말이 내 안에 가득 들어 있으니까.

히구치, 오늘은 정말로……, 하늘이 예뻤어.

고마워. 나와 함께해 줘서. 나를, 좋아해 줘서.

네 덕분에 나, 솔직한 나로 돌아올 수 있었어.

다정한 네가 없었다면 분명 그렇게 되지 못했을 거야.

히구치를 만나서, 정말 좋았어.

그렇게 생각하는 동안에도 눈꺼풀이 내려앉고 의식이 흐려져 갔다.

내가 한결같이 간절하게 염원했듯이, 마지막으로 떠오른 것.

그것은 햇빛 속에서 해맑게 마주 웃고 있는, 어린 시절의 히구치와 내 모습이었다.

히구치 유

III

1

미나세와 친구가 되기 전, 초등학교 저학년 때의 일이다.

나는 어서 빨리 어른이 되고 싶었다.

이유는 단순했다. 어른이 되면 학교에 다니지 않아도 되니까.

웃을지 모르지만, 당시의 나에게는 절실한 이유였다.

학교에만 가지 않으면 아무 이유 없이 따돌림당할 일도, 뒤에서 험담을 들을 일도 없다.

숨죽이고 있는 기술조차 알아둘 필요가 없다.

이제 그 시기에서 조금 시간이 흘렀다.

아직도 아이 축에 들기는 하지만 어른이라고 불리는 나

이에 조금씩 가까워지고 있다.

하지만 이제는 어른이 되고 싶다는 생각이 들지 않았다. 오히려 시간이 흐르지 말았으면 하고 바랄 정도다. 왜냐하면 지금, 내 곁에는 소중한 사람이 없으니까.

그 소중한 사람의 이름은 미나세 린이다.

미나세가 없으면, 약속대로 구기 대회에서 우승한들 아무런 의미가 없다.

살아 있는 것조차도…….

그런 생각을 하며 혼잡한 거리를 바라보고 있는데 미나세가 시야에 나타났다.

하지만 그건 진짜 미나세가 아니다.

이매지너리 프렌드, 상상 친구다.

왜 상상 친구는 미나세의 모습으로 내 앞에 나타나기 시작한 걸까.

미나세가 처음 나타난 것은 고등학교 1학년 2학기 때쯤이었다.

지금의 현실에 자연스럽게 적응시키기 위해서일까, 미나세는 고등학교 교복을 입고 있었다. 중학생 때보다 조금 성장한 모습이었다.

나는 미나세의 모습을 볼 때마다 마음이 괴로웠다. 숨

이 막힐 것만 같았다.

나는 '잃어버린 사람'이라는 걸 깨닫게 되기 때문이다.

미나세와 나는 초등학생 때 만나 친구가 되었다. 그리고 중학교 3학년 여름에 연인이 되었다.

연인이 된 뒤로도 좋은 의미에서 우리는 변하지 않았다.

때로는 다투기도 했지만 바로 화해했다. 우리는 어릴 때부터 서로를 잘 알고 있었다. 나쁜 점도 좋은 점도 다 봐왔다.

그런 우리 관계는 단단했다.

우리는 이대로 쭉 함께 있을지도 모른다.

연인으로 미나세와 사귀던 나날들 속에서 나는 자주 그런 생각을 하곤 했다.

만약 그렇다면 얼마나 좋을까 하고.

하지만……, 행복한 나날을 한순간에 잃고 말았다.

〈승용차가 인도로 돌진, 여중생을 치다. 의식불명 중태〉

11월 7일 오전 10시경, ○○○역 부근에서 승용차가 인도로 돌진해 여자 중학생을 덮친 사고가 발생했다. 승용차를 운전하던 남성(파견 사원, 43세)은 생명에 지장이 없으며, 여중생은 인근 병원으로 후

송되었으나 의식불명의 중태에 빠졌다.

경찰에 따르면 승용차 운전자는 반대쪽 차선에서 달려오는 트럭과의 충돌을 피하려다 인도로 돌진했다고 한다. 주변 CCTV 영상과 목격자의 진술을 토대로, 반대쪽 차선을 달려오던 트럭이 현장 부근에서 중앙선을 크게 벗어나 역주행한 사실이 밝혀졌다.

경찰은 더욱 상세한 사고 경위를 조사하고 있다.

중학교 3학년 가을의 끝자락, 미나세가 교통사고를 당해 의식불명의 중태에 빠졌다.

내가 연락을 받은 것은 일요일 오후였다.

그날 나는 열이 나서 몸이 안 좋았다. 원래는 미나세와 함께 서점에 가기로 했지만 약속을 지키지 못했고, 내 방 침대에서 잠을 자고 있었다.

그때 담임 선생님이 집으로 전화를 걸어 미나세가 교통사고를 당했다는 소식을 알려주었다.

처음에 나는 낙관적으로 생각했다. 아니, 억지로 희망을 가지려고 노력했다.

하지만 미나세가 의식이 없다는 말을 듣고는 끝없는 어둠 속으로 추락하는 기분이었다.

순간 몸이 얼어붙은 듯이 추워지고 전화 목소리가 멀리

서 아득하게 들려왔다.

미나세는 서점에서 참고서를 산 뒤 도서관에 가 공부하려고 했다. 소지품으로 학교와 이름을 알아낸 경찰이 바로 학교에 연락했다고 한다.

미나세의 부모님에게는 연락이 닿지 않은 듯 담임 선생님이 모든 일에 대처하고 있었다.

부모님이 어디 계시는지 짐작 가는 데가 없느냐고 내게 물었지만 나로서도 아는 바가 없었다. 복잡한 사정이 있다는 건 눈치채고 있었다. 그러나 미나세의 부모님 얼굴은 한 번도 본 적 없다.

"나는 병원으로 갈 건데 히구치도 오겠니? 몸이 안 좋으면 무리해서까지 오라고는 안 하겠다만."

"몸은, 괜찮아요. 가겠습니다."

담임 선생님이 차로 데리러 오기로 했고 나는 나갈 준비를 서둘렀다. 집 앞에서 선생님의 차가 나타나기를 기다렸다가 조수석에 올라탔다. 미나세가 실려 갔다는 병원으로 향했다.

미나세는 '수술실'이라는 명판이 붙은 방 안에 있었다.

이런 드라마 같은 상황 앞에서 나는 처절하게 현실을 인식할 수밖에 없었다.

담임 선생님과 둘이서 기도하는 마음으로 미나세의 수술이 끝나기를 애타게 기다렸다.

도중에 연락이 닿았는지 미나세의 부모님이 그 자리에 나타났다. 불려서 어쩔 수 없이 왔다는 느낌이 고스란히 배어 나왔다. 귀찮아하는 표정이 역력했다.

나는 놀라고 어이가 없는 한편 화가 치밀어 올랐다.

"딸이 사고로 의식을 잃었다고요! 어떻게, 어떻게 그러실 수가 있어요. 걱정도 안 되시나요!"

첫 대면인 데다 상대는 미나세의 부모님이고 아직 내가 누구인지 인사도 하지 않았다. 나는 흥분해서 예의조차 잊고 있었다. 하지만 내게는 화를 낼 수밖에 없는 이유가, 예의 따위 던져버릴 이유가 충분했다.

초등학생 때부터 미나세를 외롭게 만들고 학교 행사에도 얼굴을 내민 적이 없었다. 지금 딸이 사고를 당하자 겨우 귀찮다는 듯 얼굴을 내보였다. 미나세 부모님의 행동을 도저히 이해할 수 없었다.

담임 선생님도 나를 제지하지 않았다. 어쩌면 나와 같은 생각을 하는지도 모른다.

미나세의 부모님은 불쾌한 표정으로 서로 마주 보았다.

어머니로 생각되는 여성이 크게 한숨을 쉬더니 "넌 누

구?"라고 물었다.

"미나세와 같은 반 학생입니다. 초등학생 때부터 줄곧 친하게 지냈어요. 지금은 사귀는 사이입니다."

미나세의 부모님이기는 하지만 어른이 노려보자 조금 겁이 났다. 그래도 시선을 피하지 않고 또박또박 대답했다.

그런 내게 눈앞에 있는 여성이 훗, 하고 웃더니 내뱉듯이 말했다.

"남자친구라면서 아무것도 듣지 못했구나. 그 애는……, 우리 친딸이 아니거든."

"네……? 그게 무슨 의미……."

"말 그대로의 의미지. 내가 배 아파 낳은 아이가 아니란다. 오빠의 딸이지. 그 애가 어릴 때 오빠 부부가 사고로 세상을 떠났거든. 그래서 법률상 떠맡은 것뿐이야."

그때까지 나는 미나세의 가정환경을 전혀 모르고 있었다. 친부모님이 사고로 이미 돌아가셨다는 사실도 몰랐다. 미나세는 고모 부부와 함께 사는 게 싫어서 친부모님이 남겨주신 집에서 혼자 살고 있다고 했다.

가정환경 조사서나 개인 면담을 통해 담임 선생님은 그 사실을 알고 있었던 모양이었다. 확인하려고 선생님을 쳐다보자 긍정하듯 아무 말 없이 고개를 끄덕였다.

내가 할 말을 잃고 멍하니 있자 미나세의 양부모님이 가소롭다는 듯 웃고는 병원의 수속 절차를 위해 그 자리를 떠났다. 선생님과 둘만 남았다.

"히구치, 괜찮니?"

"네, 네에. 너무 노, 놀……, 라서."

선생님이 다정하게 어깨를 두드려주었다. 우리는 옆에 놓인 긴 의자에 앉았다.

미나세가 수술실에서 나오기를 기다리는 동안 선생님은 미나세에 관해 알고 있는 사실을 모두 얘기해 주었다.

미나세가 친부모님과 함께 살던 집을 남겨두고 싶어서 고모 부부의 양자가 되었다는 것. 그러기 위해 미나세가 포기한 것. 생명보험에 얽힌 다소 더러운 이야기까지.

나의 시간 감각은 그 무렵부터 서서히 사라지기 시작했다. 미나세는 수술실에서 좀처럼 나오지 않았다. 열이 났던 데다 정신적인 피로가 겹쳐서인지 나는 녹초가 되었다.

안개가 낀 것처럼 기억이 모호해서 당시의 일을 떠올리려 해도 잘 생각나질 않았다.

다만 미나세는 일단 목숨은 건졌다. 그것만은 확실하게 기억한다.

눈물이 날 정도로 기뻤다.

하지만 의식이 돌아오지 않아서 미나세와 대화를 나눌 수는 없었다.

다음 날인 월요일에는 학교를 쉬었다. 감기에서 빨리 회복되려고 침대에 누웠지만 좀처럼 의식을 놓아버릴 수가 없었다.

앞으로 어떻게 될지 몰라 불안한 기분도 들었다.

가만히 있을 수가 없어 스마트폰을 집어 들고 '의식불명인 중태'에 관해 찾아보았다.

그대로 사망. 잠든 채로.

인터넷에 나와 있는 정보는 온통 내 심장을 쓸데없이 벌떡거리게 하는 말들뿐이었다.

그런데도 검색하는 손을 멈추지 못하고 이불 속에서 덜덜 떨며 기쁜 소식이 오기만을 기다렸다.

미나세와 면회할 수 있게 된 건 수요일이었다.

감기가 다 낫지 않아 학교를 계속 쉬고 있었지만 오전 중에 담임 선생님께 면회 허가가 떨어졌다는 연락을 받았다. 오후에 선생님과 둘이서 미나세의 병실을 찾아가기로 했다.

차로 데려다주겠다며 동행한 어머니는 병원까지 가는 내내 아무 말도 하지 않았다.

병원 주차장에 도착해 내가 차에서 내리려 할 때 어머니가 말했다.

"엄마는 괜찮으니까 신경 쓰지 말고 다녀와. 몇 시간이든 기다릴 테니까. 그리고……, 미나세에게 안부 전해주렴."

그때야 어머니 나름대로 미나세를 걱정하고 있었다는 사실을 알았다.

어쩌면 어릴 때부터 학교 행사 때마다 혼자 있던 미나세에게 마음을 써주셨는지도 모른다. 그런 생각이 들자 눈물이 핑 돌았다.

담임 선생님과 로비에서 만나 면회 수속을 마치고 병실로 발걸음을 옮겼다.

미나세는 그저 잠들어 있는 것처럼 보였다. 지금 당장이라도 눈을 뜨고 놀라면서 잠든 얼굴을 보였다고 화를 낼지도 모른다.

그런데 이대로 의식이 돌아오지 않을 가능성도 있다고 한다.

거짓말 같다. 왜 이런 일이 생겼을까.

나는 이 세상을 믿을 수 없었다. 사고 당일, 내가 미나세와 함께 있었더라면 상황이 달라졌을지 모른다. 내가 감기에 걸리지 않았더라면 이런 세상은 없었을지 모른다.

함께 있지 않았더라도 내가 뭔가 다른 행동을 해서 타이밍이 달라졌다면…….

아마 미나세는 지금도 내 옆에 있을 것이다. 옆에서 웃고 있겠지.

생각해 봐야 아무 소용 없는데, 끝없이 다른 가능성을 떠올리지 않을 수가 없었다.

그날부터 매일같이 나는 미나세의 병실을 찾았다. 미나세의 양부모님과 뭔가 이야기한 것 같기도 하지만 확실하게는 기억나지 않는다.

의식은 항상 혼탁하고 몽롱했다. 나는 현실 속에 있는 것 같지 않았다.

그런 애매모호한 세계에서도 중요한 것만은 알고 있었다. 미나세의 곁에 있는 일이다.

하지만 어느 날, 미나세는 내 앞에서 사라졌다.

병실에서 홀연히 자취를 감추었다.

천연성 의식장애.

어느새 미나세에게는 이런 진단이 내려져 있었다.

의식불명 중태에 관해 조사했을 때 천연성 의식장애에

대해서도 알아두었다. 또 다른 표현을 사용하자면 식물인 간 상태다. 의식이 돌아오지 않은 채 계속해서 잠들어 있는 것이다.

의식이 돌아오지 않을 뿐, 미나세는 살아 있었다.

하지만 슬프게도 천연성 의식장애에는 효과적인 치료법이 개발되어 있지 않다고 했다.

일반 병원에는 계속 있을 수 없어서 가족들이 집에서 환자를 돌보든지, 장기 입원이 가능한 다른 병원으로 옮겨야 한다.

미나세가 병실에서 모습을 감춘 이유가 거기에 있었다.

미나세의 양부모님은 내게 아무런 말도 없이 미나세를 다른 병원으로 옮겨버렸다.

그들의 집을 찾아가 사정을 물어보려 했지만 어디에 살고 있는지 몰랐다.

미나세의 행방을 알아내려고 담임 선생님에게도 상담했다. 선생님은 내게 가장 잔인한 말을 꺼냈다.

"미나세는 이제 단념하거라. 단념하지 않으면……, 안 돼."

의미를 알 수 없었다. 회복되는 사람이 극히 드물고 미나세가 깨어날 가능성은 아주 희박하니 그 애를 그만 포기하라는, 결국 그 말인가.

담임 선생님은 자상한 분이었지만 너무 어른스러웠다. 나는 아쉽게도 미숙한 아이였다.

그렇게 쉽게 딱 끊을 수 있을 리 없다. 나는 필사적으로 미나세의 행방을 찾으려 했다.

하지만 병원에서는 개인 정보 보호 관계로 미나세가 옮겨 간 병원을 알려주지 않았다. 여러 병원에 샅샅이 문의해 봐도 같은 이유로 입원 중인 환자에 관해서는 알 수 없었다.

어느새 12월로 접어들었다.

반 아이들은 모두 미나세의 사고를 알고 있었다. 몇몇이 걱정하며 말을 걸어왔다.

하지만 나는 그 어떤 말도 듣고 싶지 않았다.

회복을 기원하는 말도, 단념의 말도, 다정한 말도 전부, 전부, 필요 없다.

그 말들은 모두 미나세의 부재를 긍정할 뿐이다.

허무했다. 하지만 아무것도 하지 않으면 미나세 생각만 하게 된다.

언제부터인지 미나세를 생각하지 않으려고 공부로 도망치게 되었다.

나는 미나세의 일에서 도망치기 시작했다. 공부를 도피 수단으로 이용했다.

그리고 깨닫고 보니 미나세와 함께 가고 싶어 했던 고등학교 입시에 성공해 있었다.

사실은 아무것도 성공하지 못했다.

그곳은 미나세와 같이 다니고 싶었던 고등학교다. 미나세와 함께 고등학교 시절을 보내려던 장소다.

고등학생이 된 나는 어두워졌다.

매일 눈이 떠지니 일어났고 학교를 오가며 무기력하게 살아갔다. 미나세를 잊지 못하고, 그래도 사실은 잊어야만 할지도 모른다고 생각했다.

그럴 때 미나세를 만났다.

처음에는 놀랐다. 익숙한 듯 고등학교 교복을 흩뜨려 입은 미나세가 자연스럽게 학교에 있었다.

아아, 역시 지금까지의 일은 모두 거짓이었구나.

내가 뭔가를 착각해 일시적으로 그 세계에 들어갔던 것 뿐이다.

진짜 미나세는 여기에 있다. 진짜 세계는 여기에 있다.

아쉽게도 그건 아니었다. 내 앞에 나타난 미나세는 진짜 미나세가 아니었다.

내게만 보이는 존재. 상상 친구였다.

허공에 대고 이야기하면서 웃는 나를, 동급생들이 놀라서 쳐다보았다. 나는 미나세에게 손을 뻗었지만 만질 수 없다는 사실을 깨달았다.

눈앞에 있는 미나세가 진짜 미나세가 아니라는 것을 알았다.

이 사실을 인정한 뒤로 충격을 받아 머릿속이 혼란스러워지기 시작했다.

상상 친구는 의미를 갖고 나타나는 경우가 많다고 한다. 왜 상상 친구는 미나세의 모습과 인격을 갖추고 내 앞에 나타난 것일까.

언제부터인지 나는 그녀에게서 도망치게 되었다.

2학년으로 올라가 새로운 반이 되었다. 옆자리에는 심약해 보이는 여자애가 앉았고 매일같이 괴롭힘을 당했다. 하지만 나는 그 애를 도와주지 못했다.

그런 나를 미나세가 슬픈 눈으로 바라보았다. 2학년이 되어서도 내 곁에 있었다.

나에게 마음을 써주고 말을 걸어왔다. 진짜가 아닌데도 진짜 미나세처럼.

그러나 어느 날……

"그만둬! 이제 내 앞에 나타나지 말아줘!"

나는 단호하게 상상 친구를 거부했다.

내가 말했지만 그 말에 스스로 당황했다. 이로써 어쩌면 미나세는 사라질지도 모른다.

상상 친구에게서 도망치면서도 마음속 어딘가에서는 기뻐하는 내가 있었다.

어떤 존재이든 미나세와 다시 만났으니까.

어떻게든 마음을 정리하려고 학교를 쉬었다. 하지만 쉽게 정리하지 못하고 다시 학교에 다니기 시작했는데…….

무슨 일인지 옆자리에 전학생이 앉아 있었다. 그리고 자신을 아리마라고 소개했다.

한편으로 미나세는 더는 학교에 나타나지 않았다. 하지만 사라진 건 아니었다.

"히구치, 꽤 즐거워 보이네. 내가 없는 동안 좋은 일이라도 있었어?"

미나세는 다시 내 앞에 나타났다.

아마도 단순한 친구로서가 아니라, 뭔가를 극복하게 하려고.

2

"히구치, 괜찮아?"

상상 친구인 미나세가 말을 걸어서 화들짝 놀랐다.

주위로 시선을 돌렸다. 다행히 거리에는 사람들의 발걸음이 끊겨 있었다.

뭔가 대답을 하려고 입을 벌렸지만 심각한 말은 입 밖에 내고 싶지 않았다.

"네가 보이는 시점에서 괜찮지 않은 걸지도 모르지."

재치 있는 농담은 아니었지만 미나세가 살짝 놀라는 반응을 보였다. 내게 농담을 던질 여유가 생겼다는 사실이 의외였는지도 모른다. 미나세가 살포시 웃었다.

"그럴지도."

미나세라는 존재와 이런 식으로 마주하고 이야기한 적은 없었다.

지금까지 정말로 많은 일이 있었다. 결의와 실의 그리고 포기와 재기.

어떤 '지금'도 더 이상 내게는 없다. 하지만 인간은 '지금'의 연속을 통해 살아가고 있다.

현재의 이 '지금'을 놓쳐서는 안 될 것만 같았다. 나는 결심하고 물었다.

"하지만 너는 뭔가 의미가 있어서 내 앞에 나타난 거지?"

미나세는 곧바로 대답하지 않았다. 나를 가만히 바라보았다.

"넌 어떻게 생각하는데?"

"의미가 있어서라고 생각해."

"단지 이야기 상대로 나타난 게 아니고?"

"초등학생 때 그런 상상 친구가 있었어. 하지만 넌 달라."

나는 미나세가 나타난 이유를 짐작하고 있었다.

눈앞에 있는 그녀도 아마, 내가 그 이유를 알아차리길 바랄 것이다.

"……내가, 도망치고 있어서?"

미나세를 통해, 나는 나 자신을 정면으로 파고들었다.

"뭐에서?"

"미나세에게서."

"그거뿐이야?"

생각지도 못한 물음에 대답할 말을 잃고 말았다.

"네가 도망치고 있는 건 정말 나한테서 뿐이야?"

대부분 자문자답 같은 대화였다.

나라는 의식에게 상상 친구의 형태를 빌려 무의식이 질

문하고 있었다.

그 무의식이 차분하게 말을 이었다.

"네게 필요한 건 현실을 보는 일이야."

"그건……, 네가 깨어나지 못할 수도 있다는 현실을? 아니면……."

다시 물어보려 하는데 "응?" 하는 여자 목소리가 가까이에서 들려왔다.

지금의 나는 확실히 수상쩍은 사람이 되어 있었다. 눈앞에 누군가가 존재하는 것처럼 이야기하고 있었으니까.

재빨리 목소리가 난 방향을 돌아보았다.

"히구치?"

그곳에 있는 사람은 교복 차림의 아리마였다. 설마 아리마일 거라고는 생각지 못했기에 상당히 놀랐다.

동시에 허공에 대고 이야기하는 모습을 보였다는 사실에 내심 초조해졌다.

반사적으로 눈을 돌리자 어느새 미나세는 사라지고 없었다.

"앗……."

갑작스러운 상황에 당황해서 바보 같은 행동을 하고 말았다. 아리마가 미나세를 볼 수 있을 리 없다. 이상한 행동을 보인 탓에 확실히 아리마는 당혹스러워했다.

그러니까, 하고 말을 고르면서 물었다.

"……히구치, 너는 유령을 볼 수 있는 거야? 구기 대회 날도 뭔가 아리송한 말을 했잖아? 실은 조금 신경이 쓰이긴 했어."

유령이라는 말에 씁쓸했지만 사람들 대부분이 다 그런 반응을 보일지도 모른다.

아리마와 시선을 마주하고 결심을 굳혔다.

인생에는 아마도 이런 날이 있다. 그런 순간은 느닷없이 찾아온다.

지금까지 감추고 있던 일, 도망쳤던 일, 그런 모든 것과 정면으로 마주할 날이.

"유령하고는 달라."

"그, 런 거야?"

"믿지 않을지도 모르지만 상상 친구라고 해."

"상상 친구? 그거 혹시……."

"너도 알고 있니?"

"막연하게는. 이렇게 만질 수는 없는 상상 속의 친구 말이지?"

아리마는 그렇게 말하며 손을 들어 내 팔에 갖다 댔다.

한때는 아리마가 상상 친구가 아닐까 의심하기도 했다.

하지만 아리마는 확실히 존재하고 있는 인간이다. 조금 전까지 함께 있던 미나세와는 달리······.

나는 고개를 끄덕이고 나서 아리마에게 이야기하기 시작했다.

상상 친구에 관해서. 초등학생 때 상상 친구가 보였던 일이며 중학교 때 미나세라는 여자친구가 있었고 그 여자친구가 지금 상상 친구로 나타났다는 것을 모두 털어놓았다.

갑자기 이런 이야기를 하면 머리가 어떻게 된 녀석이라고 생각할지도 모른다.

하지만 아리마니까 내 모든 것을 이야기하고 싶었다. 신뢰할 수 있는 친구니까.

실제로 아리마는 진지한 표정으로 내 이야기를 들어주었다.

미나세의 현재 상황도 다 말했다. 교통사고를 당해 천연성 의식장애 상태가 되었고 어딘가의 병원에서 줄곧 잠들어 있다고.

"네 여자친구가······. 천연성, 의식장애."

역시나 아리마는 그 이야기를 듣고는 숨을 삼켰다.

"그럼 아까 이야기하던 건 혹시……."

"여자친구의 모습을 한 상상 친구와 얘기한 거였어. 오늘 말고도 가끔씩."

"그래서 전에 혼잣말을 중얼거리는 이상한 녀석이라고, 너 자신을 말한 거였구나."

"뭐, 사실이니까. 1학년 때는 특히 그것 때문에 위험한 놈이라고들 수군거렸고."

별것 아닌 일이라며 미소를 띠고 말했다.

아리마는 마주 웃어주었지만 곧 다시 진지한 표정으로 바뀌었다.

"그래서 상상 친구가 여자친구 모습으로 나타난다는 거 말인데."

"아까 설명한 것처럼 상상 친구는 자신의 무의식이 만들어내는 거야. 그리고 뭔가 의미를 갖고 생겨나지."

나는 거기서 일단 말을 끊었다.

아리마에게라기보다, 한심하기 짝이 없는 나 자신에게 들려주듯이 말했다.

"나는 지금 미나세의 현실 상황과 마주하지 못하고 있어. 갑자기 헤어지게 된 바람에……. 그래서 다시 만나 앞으로 어떻게 할지를 결정해야만 해."

아리마는 깊은 생각에 잠긴 얼굴이었다.

아무리 상대가 아리마라고는 해도 이야기가 너무 심각해진 것 같다. 분위기가 더는 무거워지지 않도록 애써 웃음을 지었다.

"하지만 아쉽게도 방법이 없어. 어디에 있는지 모르거든."

미나세가 입원한 곳을 찾아내기 위해서 지금까지 한 일을 말해주었다.

이야기를 마친 내가 막막해하고 있자 아리마가 물었다.

"넌 어떻게 해서든 그 미나세라는 여자친구랑……, 재회하고 싶은 거지?"

"응. 맞아."

"여자친구 모습으로 나타난 상상 친구도 그걸 원한다고 믿는 거고?"

아리마는 복잡한 상황을 자기 나름대로 정리해, 이해해주려는 듯했다.

내가 고개를 끄덕이자 아리마는 뭔가를 생각하기 시작했다. 한참 후에…….

"알았어"라고 하더니 놀라운 말을 꺼냈다.

"내가 어떻게든 해볼게."

도저히 놀라움을 감출 수 없었다. 그와 동시에 미안한

마음도 들었다. 내 상황을 알게 된 아리마가 무리하게 받아들이려고 하는 것 같아서였다.

"저기, 네 마음은 고맙지만······. 방법이 없지 않나?"

"응? 그건······."

마음 써주는 건 기쁘지만 아리마는 어디까지나 제삼자다. 게다가 찾을 수 있을 리가 없다.

"어쨌든 내가 할 수 있는 일이 있을지도 모르니까 협력하게 해줘."

"그건 너무나 고맙지만······. 근데 어떻게?"

"그건 말이야, 내가 완벽한 미소녀인 데다가 신비로운 캐릭터잖아?"

"그렇다고 해도 무리하는 거 아냐?"

"괜찮다니까! 어쨌든 이건 나한테 맡겨! 알았지?"

'무리'라는 말에 화가 난 건지, 아리마가 내게 다가오며 다짐을 받았다.

"아, 알았어. 알았다고. 그만 다가와."

다행히 그런 대화를 주고받는 동안 심각했던 분위기가 누그러들었다. 어쩌면 아리마는 그렇게 해서 의도적으로 이 자리에 밝은 기운을 불어넣으려 한 건지도 모른다.

새삼 서로 얼굴을 마주 보다가 누가 먼저랄 것도 없이

웃음을 터뜨렸다.

"하지만 이렇게 많은 이야기를 해줘서 고마워. 상담해 줘서 기뻤어."

"무슨, 그렇게까지……. 나야말로 들어줘서 고마워. 얘기가 길어져서 미안하고."

"아냐, 전혀. 나, 너한테 도움이 되도록 노력할 거야."

미나세를 찾아내는 건 도저히 무리일 것 같았지만 아리마의 열의를 무턱대고 거절할 수만은 없었다.

잠시 이런저런 잡담을 나누고 나서 아리마와 헤어졌다. 헤어질 때 아리마가 뒤돌아보며 말했다.

"아, 맞다. 전에 말했지만 전학 관련 일이 아직 끝나지 않았어."

"그렇구나."

"그래서 다음 주도 학교에 제대로 나오지 못할 거 같아. 그래도 미나세 건은 애써볼게. 내가 없다고 외로워하면서 울지 말고."

"울긴 왜 울어!"

아리마는 만족스러운 듯이 고개를 끄덕이고는 "응. 그럼 가볼게" 인사를 건네고 자리를 떠났다.

나는 아리마의 뒷모습을 말없이 배웅했다. 좀 전에 나

눈 대화를 떠올리니 저절로 웃음이 나왔다.

그러고 나서 문득 궁금해져 누군가를 기다리는 척하며 그 자리에 한동안 머물렀다.

미나세가 다시 나타날까, 내심 기대했지만 끝내 모습을 드러내지 않았다.

3

그다음 주에 등교하니 아리마는 교실에 없었다. 전에 말한 대로 학교를 쉬는 모양이었다. 여전히 혼자였지만 해야 할 일을 확실히 인지한 나는 약간 달라져 있었다.

시간이 걸리더라도 반드시 미나세와 재회하고 말겠어.

나는 그렇게 결심했다. 내게는 그것이 옳은 일이라고.

그 후의 일에 관해서도 생각했다.

다시 만난다면 미나세가 깨어나기를 끝까지 기다리겠다고.

가능성이 아주 희박하지만 전혀 없는 건 아니다. 미나세와 같은 상태였던 사람이 십몇 년이 지나 의식을 되찾은 사례가 있었다. 허구가 아니라 실제로 일어난 일이다.

나는 지금 겨우 미나세와 마주하고 미래를 생각할 수 있게 되었다.

미나세가 깨어난다면 그녀를 지탱해 줄 수 있는 사람이 되고 싶었다.

그러려면 현실적인 노력이 필요하다.

나는 내 생활을 직시하면서 삶의 리듬을 되찾으려고 애썼다.

아직 미나세와 재회하지 못했고 그 방법을 찾아낼 수 있을지 없을지도 모르지만, 아리마가 미나세를 찾지 못하더라도 그때는 스스로 다시 노력해 보자고 다짐했다.

성실한 나로 돌아가기 위해 방과 후에는 교실이나 도서실에 남아 노트에 계속해서 펜을 놀렸다.

그렇게 하다 보니 월요일, 화요일이 눈 깜짝할 사이에 지나갔다.

상상 친구인 미나세는 모습을 나타내지 않았지만 내게는 어떤 예감이 스쳤다.

아마도 그녀는…….

수요일 방과 후에도 도서실에 남아 공부하고 있는데 어느새 창밖이 저녁노을로 물들었다.

열려 있던 창문으로 바람이 들어와 커튼을 가만히 흔들

었다.

무심코 얼굴을 들어보니 상상 친구인 미나세가 내 앞에 앉아 있었다.

"안녕, 미나세."

"히구치, 무슨 일 있어? 뭔가 좋은 일 있나 봐."

주변에 아무도 없었기에 내가 먼저 말을 걸었다. 미나세와는 많은 일이 있었지만 지금은 아무 부담 없이 그녀를 맞이할 수 있었다.

"안 그래도 널 만나고 싶었거든."

"엇……. 괜찮아, 히구치?"

"네가 보이는 걸 보면 필시 괜찮지 않은 거겠지만."

며칠 전과 똑같은 농담을 건네자 미나세는 "또 그런다"라며 어처구니가 없다는 듯 웃었다.

안정을 되찾아 차분해진 내 모습을 알아챘는지, 미나세가 잠시 후 말했다.

"히구치, 마음 정했구나."

미나세는 나에 관해서라면 뭐든지 알고 있었다. 나보다 더, 나를 잘 알고 있다.

눈을 한 번 내리깔았다가 미나세를 바라보았다.

"미나세……. 넌 분명 현실을 똑바로 마주 보게 하려고 나타난 거지?"

"맞아."

"간신히 결심이 섰어. 나는 진짜 너를 반드시 찾아내겠어. 그리고 너와 살아갈 거야. 미래를 향해서 나아가고 싶어."

무엇이 소중한지 너무나 잘 알고 있었으면서 나는 스스로 그것을 깨닫지 못한 것처럼 모른 척하고 있었다.

어쩌면 나는 또 실패하거나 어떻게 해야 할지 몰라 헤맬지도 모른다.

하지만 지금은 확실히 말할 수 있다.

어떤 문제에 부딪힐 때마다 내 나름대로 해답을 찾아나가면 된다.

그것이 나로 살아가는 일일지도 모른다.

"뭔가 청소년 육성 포스터에 나오는 문구 같네."

내 결심을 말하자 미나세가 후훗, 하고 웃었다.

"뭐, 나도 청소년인 건 맞지."

"한참 헤맬 나이니까."

"하지만……, 헤매는 건 이미 충분히 했어."

내가 대답하자 미나세가 눈을 감았다. 마침내 눈을 뜨더니 말했다.

"그럼 이제 내 역할은 여기까지네."

"섭섭한 말 하지 마."

"히구치……, 잊지 마. 어떤 일이 있어도 히구치는 괜찮을 거야."

다시 바람이 불었다. 기압이 소리 없이 대기를 흔들었다.

미나세가 모습을 감췄다. 이제 그녀가 없는 광경만이 남겨졌다.

그녀가 곁에 없는 현실만이, 그녀가 곁에 없는 세계만이.

"다음번에는……. 꼭 현실의 너와 만날 테니까."

나는 중얼거리며 내가 해야 할 일을 다시 한번 다짐했다. 그리고 공부를 이어갔다.

이런 일상에서 약간의 이변이 일어난 것은 집에 돌아와 저녁을 먹고 난 뒤였다.

내 방에서 학습 계획을 세우고 있는데 모르는 번호로 전화가 걸려왔다.

"……네."

"아, 히구치?"

미심쩍어하면서 통화 버튼을 누르자 아리마의 목소리가 들려왔다.

"그런데요……. 어, 아리마? 내 번호 어떻게 알았어? 그리고 스마트폰 없다며?"

"그건 신비로운 미소녀는 뭐든지 알고 있다는 설정으로……. 그리고 역시 스마트폰은 필요한 것 같아서."

"무슨 설정이 그래! 그보다 어쩐 일로 전화한 건데?"

"아, 응. 그게……."

그러고 나서 아리마는 상상도 하지 못한 말을 꺼냈다.

미나세가 있는 곳을 알아냈다는 것이었다.

순간 할 말을 잃고 말았다. 그런 일이 과연 일어날 수 있는 걸까.

"히구치? 듣고 있어? 저기……, 괜찮은 거야?"

"아, 아아……. 미안, 듣고 있어. 그래서?"

나는 어떻게 미나세를 찾아냈는지 물었지만 아리마는 대답해 주지 않고 얼버무렸다. 하지만 아리마를 신뢰하고 있었기에 거짓말이라고는 생각하지 않았다.

정말로 미나세를 찾아낼 거라고는 생각지도 못했기에 너무나 놀랐지만 아리마가 안내해 주겠다고 하여 일요일에 미나세를 만나러 가기로 했다.

"그럼 히구치, 다음 일요일에 봐."

"……알았어."

옆 동네 역 앞에서 오후 1시에 만나기로 약속하고 전화를 끊었다.

통화를 마친 스마트폰을 멍하니 바라보다가 손이 부들부들 떨리고 있음을 깨달았다. 왜 손이 떨리는지 알 수 없었다. 무의식적으로 일어난 일이었다.

그날은 좀처럼 잠들지 못했다. 아침 녘이 되어서야 가까스로 눈을 붙였다.

학교로 발걸음을 옮겼지만 꿈결인 듯한 상태로 멍하니 있었다.

아리마는 아직 볼일이 남았는지 교실에는 모습을 나타내지 않았다.

4

마침내 아리마와 약속한 일요일을 맞이했다. 어제도 제대로 잠을 자지 못해서 눈을 뜨니 아침 10시경이었다.

드디어 오늘 나는 정말로 미나세와 재회한다.

아침 햇살을 쬐고 싶어서 커튼을 걷었다.

이 햇살을 지금 미나세도 잠든 채 어딘가에서 느끼고 있을까.

준비를 다 마치고 아침 겸 점심을 먹었다. 약속 시간에 늦지 않도록 집을 나섰다.

"아, 히구치!"

약속 장소에 아리마가 이미 와 있었다. 나를 발견하고는 손을 들어 보였다.

사복을 입은 아리마를 보는 건 처음이다. 흰색을 베이스로 한 고급스러운 옷차림을 하고 있다.

"그렇게 입으니까 부잣집 아가씨 같은 분위기네."

나는 긴장을 누그러뜨리려고 놀리는 투로 말했다.

"교복 입었을 때는 안 그랬고?"

"별로 의식해 본 적이 없는데."

"넌 나한테 너무 관심이 없어."

"너무 많은 것보다야 낫잖아."

지난번에 아리마를 만난 뒤로 일주일이 넘게 지났지만 두 사람 사이에 부자연스러움은 눈곱만큼도 없었다. 별것 아닌 이야기를 주고받다 보니 서서히 우울한 기분이 사라졌다.

하지만 이곳에 온 의미를 잊은 것은 아니다.

"그럼 아리마, 안내해 주겠어?"

재촉하자 아리마가 진지한 표정으로 고개를 끄덕였다.

"응. 자, 이쪽으로."

그 자리를 떠나 아리마가 앞장서는 대로 따라갔다. 우리가 향한 곳은 버스 정류장이었다.

약간 어리둥절했다. 장기 입원이 가능한 병원은 병상 수 때문인지 시골에 위치한 곳이 많다. 그래서 전철을 타고 시외로 이동할 거라고 생각하고 있었다.

"전철 타는 거 아냐?"

"아니."

"혹시 고속버스 타는 건가?"

"아니야, 시내버스."

"시내버스라니……. 어? 그럼 시내에 있다는 거야?"

기다리자니 금세 버스가 왔다. 아리마와 버스에 올라 맨 뒷자리에 나란히 앉았다. 얼마나 가야 하느냐고 물으니 30분 정도 걸린다고 대답했다.

지금부터 30분 뒤면 미나세가 있는 곳에 도착한다.

긴장이 극에 달했는지 말이 잘 나오지 않았다. 그저 버스가 목적지에 도착하기만을 기다렸다.

평소 같으면 말을 걸어왔을 아리마도 나를 배려해서인지 한마디도 하지 않았다.

끝나지 않을 것 같은 30분을 아무 말 없이 보냈다.

"곧 내릴 거야."

드디어 버스가 목적한 정류장에 도착했다. 병원 앞 정류장은 아니었지만 조금 떨어진 곳에 병원 같아 보이는 건물이 있었다. 우리 말고도 여러 명의 승객이 이곳에서 내렸다.

"여기서 좀 걸어가야 해."

"아, 응."

나는 아리마의 뒤를 따라 걸었다. 꿈을 그대로 이어 살아가는 것처럼 현실감이 느껴지지 않았다.

정말로 오늘, 이제부터 미나세를 만나게 된다.

……더럭 겁이 났다.

숨이 흐트러지기 시작했다. 이유는 모르겠지만 소름이 돋았다.

미나세는 언제 깨어날까. 정말로 깨어나는 걸까.

과호흡이 느껴지자 지금까지 어떻게 숨을 쉬었는지 잊어버렸다.

"히구치, 괜찮아?"

앞서가던 아리마가 내 상태를 알아차린 듯 발걸음을 멈추더니 다가왔다.

"괜찮아."

"하지만……."

아리마는 망설이는 표정을 짓더니 "오늘은 관둘까?"라고 물었다.

나는 고개를 가로저었다.

"아냐. 가자."

현실을 향해 나는 한 발 한 발 앞으로 나아갔다.

각오가 전해졌는지 아리마는 나를 더는 말리지 않고 앞장서서 걸어갔다.

한심하게도 아리마를 쫓아가는 것만도 버거웠다. 시야가 흐릿해져서 아리마의 뒤꿈치를 따라 걸을 수밖에 없었다.

얼마쯤 가다가 아리마가 발을 멈췄다.

걷기만 했을 뿐인데 숨이 여간 거칠지 않았다. 내려다보던 시선을 천천히 들어 올렸다.

멈춰 선 아리마 앞에 있는 건, 병원이 아니었다.

나도 모르게 눈을 동그랗게 떴다. 아리마는 그런 나를 흘끔 보더니 다시 걷기 시작했다.

뭐지, 어떻게 된 일이지? 아리마는 날 어디로 데려가려는 걸까.

아리마는 앞만 보고 걸어갔다. 그 뒤를 필사적으로 쫓았다.

몸이 춥다. 한 걸음이 무거웠다. 두통까지 왔다.

시간 감각이 마구 뒤섞이고 아리마와 걷는 길이 유난히
도 길게만 느껴졌다. 아리마가 다시 멈춰 섰다.

나는 아리마 옆에 섰다. 아리마는 무언가를 가만히 바
라보았다.

아리마의 시선 끝을 따라 눈길을 옮겼다.

웃으려고 했지만 잘되지 않았고……. 입가가 미세하게
떨려왔다.

미나세가家의 묘.

거기에 있는 것은 차갑고 조용한 묘석이었다.

아리마는 나를 병원이 아니라 교외에 있는 공원묘지로
데려왔다. 묘지 입구에 섰을 때 그 사실을 인지하자 사고
가 마구 뒤엉켜 혼란스러워졌다.

그리고 다시 멈춰 선 그 앞에서 도저히 이해할 수 없는
것을 발견했다.

미나세와 같은 성이 새겨진 묘지다.

갑자기 아리마에게 말할 수 없는 분노가 솟구쳤다.

장난치고는 너무 공이 들어가는 일이다. 일부러 같은
성을 가진 집안의 묘지를 찾아낸 걸까.

미나세는 지금도 병원에 있을 터였다. 천연성 의식장애

로 잠들어 있다.

이런 데서 땅속에 잠들어 있을 리가 없다.

그 분노가 어느 순간……, 누군가 피부를 핥은 것처럼 오싹한 느낌으로 바뀌었다.

아니 그보다 애당초 이 애는 대체 누구지?

아리마가 갑자기 무서워졌다. 어느 날 느닷없이 내 앞에 나타난 여학생.

연신 웃는 얼굴로 친구가 되자고 하더니, 상냥한 데다 내가 모르는 일까지 알고 있다.

어째서 이 애를 의심하지 않았던 걸까.

"아리마……. 장난치고는 너무 심하잖아."

아리마를 똑바로 쳐다보지 못하고 묘석에 시선을 둔 채로 말했다.

대답은 없었다.

"뭐야, 이게 어떻게 된 거냐고. 내가 그렇게 싫은 거냐?"

역시, 대답은 없다.

어째서일까. 옆을 돌아보면 아리마가 사라지고 없을 것 같았다.

나만 이곳에 남겨두고 연기처럼 모습을 감췄을 것만 같았다.

"뭐라고 말 좀 해봐, 아리마!"

나는 거의 울부짖었다. 마음을 굳게 먹고 아리마를 돌아보았다.

"아리, 마?"

그곳에는 아리마가 있었다. 사라지지 않았다. 분명히 내 옆에 있다.

하지만 이상했다. 아리마가 울고 있었다. 눈에서 눈물을 흘리고 있다.

무슨 일이지? 왜 아리마가 눈물로 뺨을 적시고 있는 거냐고. 애초에 넌……, 누구냐.

"아리마."

무심코 아리마에게 손을 뻗어 어깨를 잡았다.

상상 친구는 만질 수가 없지만 아리마라면 이렇게 만질 수 있다.

아리마는 어깨를 잡히지 않은 쪽 손으로 눈물을 닦고 나를 쳐다보았다.

아리마는 분명 슬퍼하고 있었다. 그뿐만이 아니다. 어딘지 모르게 자기 자신을 원망하고 후회하는 듯한 눈빛을 하고 있었다.

그 눈동자를 본 순간, 이 애가 선한 사람이라는 사실이 떠올랐다.

그런 애가 괴로워하고 있었다. 설마…….

"미나세가……, 옮겨 간 병원에서 죽은 거야?"

목구멍 안쪽이 따끔거렸다. 나라는 존재가 그런 말을 입 밖에 내는 걸 거부하고 있었다.

죽었다면 아무것도 할 수 없다. 기다리는 일조차 할 수가 없다.

그런 일이 있으면 안 되었다. 하지만 그렇게밖에 설명할 수 없는 현실이 눈앞에 있었다.

내 물음에 아리마가 고개를 양옆으로 흔들었다.

"아니야."

아니라니. 뭐가 아니라는 거지? 미나세가 죽었다는 게? 아니면 이 현실을 말하는 건가.

아, 그렇구나……. 어쩌면 이건, 꿈인가.

아직 오늘은 시작되지 않았고 나는 악몽을 꾸고 있을 뿐인가.

벌떡 일어나면 사실은, 이게 꿈이고…….

나는 불길한 꿈을 걱정하면서도 오후가 되면 아리마와 역 앞에서 만나 병원으로 향할 것이다.

그리고 잠들어 있는 미나세를 만날 것이다.

한심하게도 나는 울고 말겠지. 하지만 드디어 다시 만났네, 하고 눈을 감고 있는 미나세에게 말을 걸 거야.

혼자 있게 해서 미안. 이제부터는 함께 있을게. 네가 깨어나기를 줄곧 기다릴 테니까.

그렇게 나는 그녀와 재회하고 새로운 인생을 시작할 것이다.

그래, 틀림없어. 그러니까 이건 꿈이야. 그저 악몽일 뿐이다.

그렇지, 아리마? 응?

하지만 나는 알아채고 말았다. 나는 아리마의 팔을 꽉 붙잡고 있었다.

이 감촉은 분명, 누가 뭐래도 현실이었다.

아리마는 촉촉해진 눈으로 나를 바라보다가 마음을 굳힌 듯 말을 이었다.

"잘 들어, 히구치."

나는 더 이상 아무 말도 듣고 싶지 않았다.

귀를 막고 싶다. 실제로 틀어막았다. 아리마가 내 손을 떼어냈다.

"부탁이야. 들어야 해, 히구치."

"싫어, 이 세계는 이상해. 잘못됐어. 이런 세계, 난 몰라.

여기는 이상하다고!"

"미나세는 옮겨 간 병원에서 죽은 게 아니야."

아리마는 또 울고 있었다. 어린아이처럼 뚝, 뚝, 뚝 눈물을 흘렸다.

"미나세는……. 식물인간이 되지 않았어. 그건 네가 그렇게 믿고 있는 것뿐이야. 왜냐하면……."

아리마는 거기까지 말하고는 괴로운 듯이 얼굴을 일그러뜨렸다. 그러면서도 말을 이었다.

그 한마디로 내가 나 자신을 속이고 있던 진실이 드러났다.

"우리 아빠가 일으킨 교통사고로, 미나세는 열흘 뒤에 죽었으니까."

□□□□의
여자친구에 관해서

1

　내게는 두 명의 아버지가 있다. 친아버지와 새아버지, 두 사람이다.

　남들이 가끔 오해할 때가 있는데, 친아버지가 세상을 떠난 건 아니다.

　주변에서 흔히 볼 수 있는 것처럼 내 경우도 부모님의 이혼 때문이다.

　그것도 옛날 일로, 내가 어린이집에 다니던 무렵이었다.

　어머니가 미리 이혼에 관해 설명해 준 기억은 없다. 사실 이야기를 들었을지도 모르지만 기억이 나지 않는다. 다만 어린이집에서 이름표가 바뀌었을 때는 또렷이 기억하고 있다.

선생님이 놀고 있는 나를 부르더니 "오늘부터는 이걸 달고 다니자"라고 말하며 새로운 이름표를 건네주었다.

어렸던 나는 친아버지의 존재를 잘 알지 못했다.

내게 자의식이 생겨날 무렵에는 이미 따로 살았던지 함께 지낸 기억도 없다.

그래도 아버지 같은 사람에 대한 기억은 어렴풋이 남아 있었다.

별거 후에도 가끔 우리 집을 찾아와 나를 자동차에 태우고 놀러 가곤 했다.

나는 어딘가 호탕하고 자유로운 그 사람이 좋았다.

하지만 어린아이였음에도 어머니에게 그 사실을 말하면 안 될 것 같았다.

새아버지가 생긴 것은 초등학교 4학년 때였다.

그 무렵에는 이미, 내가 다른 애들하고 약간 다르다는 사실을 자각하고 있었다.

모두 당연하게 갖고 있는 것이 내게는 없었다. 그것은 참관 수업 때 쭉 서 있는 부모님의 모습이기도 했고, 운동회 때 모인 가족의 광경이기도 했으며, 든든한 아버지이기도 했다.

희한하게도 외롭지는 않았다. 나는 외롭지 않다고 스스로 되뇌었을지도 모른다. 아무리 외롭지 않다고 말해도 외로워진다는 것은 알고 있었으니까.

그런 나에게 어느 날 갑자기 새아버지라는 새로운 가족이 생겼다. 친아버지와는 완전히 다른 스타일이었다. 어머니가 의도적으로 정반대 타입을 선택했다는 사실을 알아차린 건 한참 뒤인 중학생 때였다.

새아버지는 나이가 있긴 해도 부유한 사람이었다. 과묵하고 품위가 있다. 아마 지식과 교양도 갖추고 있을 것이다. 당시 어머니가 근무하던 회계사무소의 소장이었다.

결혼해서 전업주부가 된 어머니는 새아버지를 깊이 존경했다. 아이가 없이 재혼한 새아버지와 어머니는 다소 나이 차이가 나기는 했지만 잘 어울리는 부부였다.

그렇게 품격 있는 가족이었으므로 나도 그에 걸맞게 행동해야 했다.

어리광을 부리지 않고 말귀를 잘 알아들었으며, 부모님이 말하지 않아도 알아서 공부했다. 학과 공부 외에도 여러 가지를 배웠고 불평은 말하지 않았다. 그러면서도 때때로 아이 같은 모습을 보여 두 사람을 안심시켰다.

무엇보다 내가 부모님을 배려하고 조심하고 있다는 사

실을 두 사람이 알아차리지 못하게 해야 했다.

초등학교를 졸업할 때까지 친아버지와는 아무런 교류도 없었다.

그러다가 중학교에 진학했을 때 부모님이 뭔가를 의논한 듯, 친아버지와 한 달에 한 번씩 만나게 되었다.

막연하게나마 양식 있는 판단이라고 생각했다. 조금 나쁘게 말하자면 새아버지가 배려했을 만한 일이라고. 그러한 일이 우리 집에는 자주 있었다.

나도 착한 딸을 연기하기 위해서, 그럴 필요가 없다고는 말하지 못했다.

드디어 어머니의 주도로 5월 초 황금연휴 동안 친아버지와 만날 약속이 잡혔다. 친아버지는 꽤 기뻐했다고 한다. 다만 만나더라도 법이 정한 테두리 안에서 이루어져야 했으므로 만나는 날짜와 시간, 횟수, 나를 데려오고 데려가는 방법 등이 사전에 정해져 있었다.

서로 알아보지 못할 수도 있었기에 처음 만날 때는 어머니가 잠시 동행했다.

약속 장소에 나타난 친아버지는 어머니에게 인사한 뒤 눈이 휘둥그레져서는 나를 바라보았다.

"오, 호노카구나. 많이 컸네."

친아버지는 별로 아버지답지 않았다. 옷차림이나 머리 모양이 무척 젊고 편안했다.

어머니는 먼저 돌아가고 나는 아버지와 둘이서 근처 카페에 들어갔다.

"호노카 이제 중학생이지? 남자친구는 있나?"

마주 앉자마자 아버지가 흥미진진한 표정으로 물었다.

만나면 서로 무척 긴장할 거라고 생각했다.

서먹서먹해서 대화가 잘 이어지지 않을지도 모른다고. 하지만 생각했던 것과 전혀 달랐다.

"남자친구, 그런 거 없어요."

"흐음, 좋아하는 남학생 없어? 동급생이나 선배나."

"근데, 대화에 거리감이 너무 없는 거 아녜요?"

"네가 너무 멀찍이 있는 거지. 항상 그렇게 얌전한 거냐?"

"……용케도 엄마랑 결혼을 하셨네요."

"우아, 그렇게 나오기야?"

지금 같이 사는 가족은 표정이 풍부하지 않다. 과묵하고 깊은 배려심을 중요하게 여기며 경박한 말과 행동을 싫어했다.

하지만 친아버지는 표정이 너무 풍부해서 말하는 거며 괴로운 듯 찡그리는 표정에 그만 웃게 된다.

"오오, 웃었다. 네가 많이 웃었으면 좋겠어. 이렇게 미인 인데."

아버지가 그렇게 말하며 웃어 보였을 때, 이 사람은 정말로 내 아버지구나 하고 수긍이 되었다. 거울로 보는 나의 웃는 얼굴과 무척 닮아 있었다. 나는 아버지를 닮았던 것이다.

이야기를 하다 보니 웃음이 터지는 포인트라든지 기호가 비슷하다는 것도 알게 되었다. 새삼스럽게 아버지라는 존재를 실감했다.

아버지는 기분파였고 전혀 어른스럽지 않았으며 격식이나 양식과는 거리가 먼 사람이었다.

그래서일까. 함께 있으면 편안하게 내 모습을 그대로 드러낼 수 있었다. 어느새 한 달에 한 번 친아버지와 만나는 날을 기대하게 되었다.

"자, 호노카. 오늘은 뭘 할까. 어디든지 데려가 주마."

친아버지는 만날 때마다 중학생인 내게 많은 것을 가르쳐주었다. 그중에는 어머니와 새아버지가 알면 인상을 찌푸릴 만한 좋지 않은 일들도 포함되어 있었다.

정크푸드의 감칠맛이나 자동차의 짜릿한 스피드 감각, 이득이 되는 쿠폰 사용법, 금지되었던 게임 센터에서 온종

일 노는 방법 등 내 기억대로 호탕하고 자유로운 사람이었다.

그런 경험들은 나를 웃게 해주었다. 친아버지 만나는 날을 손꼽아 기다리게 되었다.

물론 집에서는 전혀 그런 내색을 하지 않았다. 양식 있는 규정의 하나로 받아들인 양, 기쁨도 슬픔도 드러내지 않으며 담담하고 평범하게 지냈다.

가끔 친아버지와 함께 있다 보면 초등학교 때의 참관 수업이나 운동회가 떠올랐다. 나는 사실……, 왁자지껄하게 보내고 싶었다.

친아버지가 있어 주었다면 분명 나를 외롭게 하지는 않았을 것이다. 때로는 귀찮게 여겼을지도 모르지만 내게 평범한 어린 시절을 만들어주었을 것이다.

친아버지는 기분파에다 자유로운 사람이었으나……, 무척 다정다감했다.

새아버지에게 편하게 응석을 부리지 못하는 만큼, 친아버지에게는 마음 놓고 어리광을 부리며 친근하게 굴었다. 갖고 싶은 것을 갖고 싶다고 말할 수 있었다. 그렇게 친아버지와 만나는 동안 어느새 중학교 3학년이 되었다.

그 무렵이 되자 사립 고등학교 입시 준비를 위해서 부

모님은 내게 마음가짐이며 몇 가지 생활 습관을 바꾸길 원했다. 미리 결정한 일인 듯, 입시에 집중해야 하는 12월부터는 친아버지와 만날 수 없게 되었다. 어머니가 다시금 그 사실을 내게 전해주었다.

중학교 3학년 여름에도 이 만남이 중단될 뻔한 적이 있었다. 어머니가 수험 공부를 걱정하며 무리해서 친아버지를 만날 필요 없다고 말했다. 하지만 나는 별로 무리하고 있지 않았다.

"난 상관없어. 한 달에 한 번인데 뭘."

"그래? 하지만 아버지가 추천한 사립 입시 공부도 해야하니까……."

"괜찮아. 내 성적 잘 아시면서. 게다가 그 사람도 입시끝날 때까지 못 만난다고 하면 섭섭해할지도 모르고."

정말로 섭섭해하는 건 누구였을까.

하지만 새아버지가 정한 방침을 따라야 한다. 착한 딸이 되기 위해서는 깰 수 없다.

여름이 끝날 무렵에는 친아버지와 한동안 못 만난다는걸 의식하지 않을 수 없었다.

단 몇 개월이지만 만나지 못한다는 게 못내 괴로웠다. 아마 아버지도 같은 마음이었을 것이다. 그래서 무리하면서까지 나를 만나러 왔을 테지. 예전에는 일이 바쁘다는 이유로 만남을 거르거나 일정을 바꾼 적도 있었다.

하지만 여름의 끝자락부터는 그런 적이 한 번도 없었다.

아버지는 자영업을 하고 있어서 돈과 시간에 여유가 있다고 말했다. 만나면 내가 좋아하는 음식을 먹으러 가고 선물도 사주었다.

하지만 그것은 아버지 나름의 허세였을 것이다. 아버지는 최선을 다해 아버지다운 아버지를 연기했다.

나는 그 사실을 상상도 하지 못한 형태로 알게 되었다.

2

가을도 저물어가고 본격적인 입시 준비로 바빠진 11월의 일이었다.

일요일이던 그날, 친아버지와 만나기로 약속이 되어 있었다. 자동차를 타고 드라이브하기로 한 날이었다. 나는 포구가 가까운 역 앞 로터리에서 아버지가 오기를 기다렸다.

오늘 이후로는 입시가 끝날 때까지 만나지 못한다. 옷

는 얼굴로 마음껏 즐겁게 보내려고 벼르고 있었다.

하지만 약속 시간이 되어도 아버지가 나타나지 않았다. 시간 관념이 느슨한 인상이긴 했으나 지금까지 단 한 번도 늦은 적이 없었다.

무슨 일이 있나, 걱정이 되어 스마트폰으로 메시지를 보냈지만 아무런 답이 없었다.

어머니에게 연락해 볼까 고민하다가 괜히 아버지에 대해 나쁜 인상만 심어줄 것 같아서 그만두었다. 별일 없기를 기도하며 기다리고 있는데 한 시간쯤 지나서 아버지에게 전화가 걸려왔다.

"호노카, 연락이 너무 늦어 미안하다. 그리고 오늘 약속 말인데……. 정말 미안하다만 못 지킬 것 같구나."

"에……. 으, 응. 알았어. 근데 무슨 일이야? 아프셔? 무슨 일 있어?"

"아니, 그게……."

전화기 너머로 교통사고를 일으켰다는 말이 전해져왔다. 자세한 상황을 물어볼 분위기가 아니었다. 그걸 알 수 있을 정도로 아버지는 완전히 지친 목소리였다.

전화를 끊고 시간을 확인했다. 아직 11시가 조금 지나 있었다.

일찍 집으로 돌아가면 어머니가 이유를 물을지도 모른다. 고민 끝에 가까운 도서관으로 향했다. 혼자 점심을 먹고 시간을 때우다가 저녁이 되어서야 집으로 돌아갔다.

어머니가 오늘 어땠냐고 물었고, 여느 때와 같았다고 거짓말로 둘러댔다.

만나지 못했다고 솔직히 말하면 일정을 변경해 다른 날 볼 수 있을지도 모른다. 이 거짓말로 내년 봄까지 만날 수 없게 될 수도 있다. 그래도……. 아버지의 입장을 우선하고 싶었다. 하지만 결국은 그것도 의미 없는 행동이었다.

다음 날 학교에서 돌아오니 어머니가 무서운 표정으로 나를 맞았다.

"호노카. 너, 어제 진짜 어떻게 된 거야? 솔직히 말해봐."

다시 물어본다는 건 어떤 경로로든 상황을 알아차렸다는 뜻이다.

내가 아버지를 배려해 거짓말했다는 사실까지 포함해 솔직히 털어놓기로 했다.

이야기를 다 듣고 나자 어머니는 심각한 표정을 지었다.

"그랬구나. 그리고 그 사람 말인데……. 언제까지 숨길 수도 없으니까 지금 말해줄 테니 침착하게 들어."

그렇게 나는 친아버지가 일으킨 교통사고에 관해 자세

히 듣게 되었다.

　나를 데리러 오던 중에 반대편 차선에서 중앙선을 넘어온 트럭이 아버지가 운전하는 차로 돌진했다. 아버지는 당황해서 급히 핸들을 꺾었으나 차가 그만 인도로 진입하고 말았고 그대로 중학생 여자아이를 쳤던 것이다.

　경찰 조사에서 트럭 운전사가 음주 운전을 했다는 사실이 밝혀졌다. 그러나 중학생을 친 사람은 아버지였다.

　그 죄로 인해 지금은 유치장에 구속되어 있다고 했다.

　그런 일이 일어난 줄은 상상도 하지 못했던 나는 멍하니 넋을 잃었다.

　"아……. 저기, 그래서……. 그 여자애는 괜찮대?"

　내가 묻자 어머니는 대답하기 곤란한 듯 간신히 말했다.

　의식불명의 중태라고.

　나는 방으로 돌아와 옷도 갈아입지 않고 스마트폰으로 뉴스를 검색했다.

　사고 소식이 사진과 함께 상세하게 실려 있었다. 생각보다 훨씬 크게 보도되어 있었다.

　자세한 사고 상황은 어머니에게 들은 대로였지만, 친아버지의 직업이 파견 사원이라는 것은 처음 알았다. 다른 기사를 찾아본 결과 친아버지가 창고 정리 일을 하고 있었다는 것도 알아냈다.

신문 기사를 통해 나는 친아버지가 감추려 했던 사실을 알고 말았다.

게다가 아버지가 차로 친 여자아이는 나와 같은 나이였다. 이름은 나와 있지 않았지만 중학교 3학년 여학생이라고 표기되어 있었다.

그 아이가 의식불명의 중태……. 괜찮은, 걸까.

의식이 돌아올까. 아니면 이미 의식을 되찾은 걸까. 그것조차 알 수가 없다.

심란한 마음으로 며칠을 보냈다. 우리 집은 분위기가 좋지 않았다. 새아버지는 나를 걱정해서, 무심코라도 자극하지 않기 위해서인지 아무 말도 하지 않았다.

나는 아무래도 신경이 쓰여 어머니에게 피해자인 여학생에 관해 물었다.

어머니도 경찰에게 전남편이 일으킨 사고에 관해 몇 가지 질문을 받았을 뿐, 자세한 건 모른다고 답했다.

"결국은 사고니까. 호노카, 너도 그만 잊어. 그리고 사정이 사정이니만큼 그 사람하고는 앞으로 만나지 못한다는 것만 알아두렴."

어머니는 내게 조언했다. 혹은 충고했다. 친아버지가

일으킨 사고는 잊는 게 좋다고. 아마도 그건 옳은 판단이 겠지.

내 안에 있는 영악한 나 자신도 충고했다. 이 건에는 깊 이 관여하지 않는 게 좋다.

친아버지도, 그만 잊는 게 좋다. 그게 나 자신을 위한 일 이라고.

하지만 또 다른 나는 진실을 알아야 한다고 강하게 호 소하고 있었다.

나는 단순한 제삼자가 아니다.

그럴 수밖에 없는 게……, 나와 만날 약속을 하지 않았 다면 아버지는 사고를 일으키지 않았을지도 모른다.

그 여학생도 사고를 당하지 않고 지나갈 수 있었다.

나는 떨면서 인터넷 게시판에서 정보를 찾기 시작했다.

이윽고 어떤 글을 발견했다. 교통사고와 관련된 글이었 다. 피해자인 여학생과 같은 중학교에 다니는지 구체적인 정보를 언급한 사람이 여러 명 있었다.

ㄴ 그 사고당한 여학생, 미나세라는 애야.

미나세. 뉴스에서는 보도되지 않은 성이 쓰여 있었다.

아직 의식이 돌아오지 않았다는 댓글도 보였다.

ㄴ 옛날에는 꽤 문제를 일으켰지.

ㄴ 하지만 착실한 남자친구를 만나서인지, 최근에는 조용히 지냈
는데.

ㄴ 전에는 경찰서에 가는 소동도 일으켰는데. 요즘은 먼저 인사
도 하고 좋은 애야.

ㄴ 엄청나게 예뻤어. 그런데 진짜 마음이 아프네.

ㄴ 차로 친 사람이 아재라며?

ㄴ 40대 파견 사원이 쳤다던데. 그 아재 최악이군. 운전자가 의
식불명이 됐어야 하는 건데.

나도 모르게 브라우저를 닫았다. 그곳에 쓰여 있는 글
들이 이른바 세상의 목소리였다. 순간 숨 쉬는 것이 괴로
웠다. 춥고, 추워서 몸이 떨려왔다.

그런데 의식은 멈추지 않고 계속해서 움직였다. 인터넷
에서 읽은 말들이 수없이 머릿속을 훑고 다녔다.

'40대 파견 사원이 쳤다던데. 그 아재 최악이군. 운전자
가 의식불명이 됐어야 하는 건데.'

나의……, 나의 아버지도 사고를 내고 싶어서 낸 게 아

니다.

열심히 살았다. 남들이 보면 최악일지 몰라도 내게는 멋진 사람이었다. 많은 걸 가르쳐주고 모르던 경치를 보여주었다. 무척이나 자상했다.

그 아버지가 일으킨 사고는 어떻게 해도 되돌릴 수 없다. 속죄해야 한다. 저지른 죄를 무책임하게 옹호하려는 게 아니다.

그래도 세상에서 단 한 사람, 나만이라도 아버지의 편이 되고 싶었다.

아무리 볼품없는 아버지라도 나는 정말 좋아하니까.

하지만 중학생인 내가 할 수 있는 일은 아무것도 없었다. 아버지가 유치장에 있다고 했지만 며칠이 지난 지금은 다른 곳으로 이동했을지 모른다.

면회할 수 있는지, 애초에 내게 면회가 허용되는지조차 알 수 없다.

다만 아버지는 만나지 못하더라도 미나세라는 여학생을 만날 가능성은 있었다.

아직도 의식이 돌아오지 않았는지, 회복했는지 그것만이라도 알고 싶다.

뉴스에서는 현장 근처에 위치한 병원으로 옮겨졌다고

쓰여 있었다. 중태 상태의 환자를 이송할 수 있는 병원은 그리 많지 않을 것이다.

알아보니 내 생각대로였다. 놀랄 정도로 손쉽게 미나세가 입원한 병원을 알아낼 수 있었다.

가만히 있을 수가 없어서 다음 날 방과 후에 그 병원의 접수처를 찾아갔다.

사전에 병문안 절차에 대해 조사해 두었다. 교복 차림이어서인지 딱히 의심받지 않고 면회증을 발급받았고 미나세가 있는 병실도 알아냈다.

아직 의식이 돌아오지 않았기 때문에 면회는 10분 정도로 끝내달라는 안내도 받았다.

"아······. 역시, 아직."

사실은 그때 되돌아와도 좋았다. 일단 목적은 달성했으니까. 그래도 나는 원내 안내도를 보고 엘리베이터를 찾아서 떨리는 마음으로 병실로 향했다.

병실로 가는 도중에 번뜩 한 가지 생각이 머리를 스쳤다. 만약 가족이 있으면 어떡하지.

내가 가해자의 딸이라는 게 들통나면 어떤 반응을 보일까. 나도 모르게 몸이 떨려왔다. 여기서 돌아갈까, 수없이 생각했다. 하지만 이 사고에 책임이 있는 사람으로서 피해자인 미나세의 현재 상황을 직시해야 한다.

　가족이 있으면 병실을 잘못 찾아왔다고 둘러대고 나오자. 그렇게 각오를 굳혔다.

　엘리베이터가 병실이 있는 층에 도착하자 나는 안내받은 곳으로 발걸음을 옮겼다.

　그런데 병실까지 몇 발자국 남지 않았을 때 미나세의 병실 문이 열렸다.

　반사적으로 어깨를 웅크렸다. 그곳에서 교복 차림의 남학생이 나왔다.

　미나세의 반 친구일까.

　그 남학생은 왠지 무척 지쳐 보였다. 잠을 못 잔 건지 안색이 좋지 않다. 마치 자신이 사고를 당하기라도 한 것처럼 초췌하고 기진맥진한 모습이었다.

　남학생은 나를 쳐다보지도 않고 무거워 보이는 발걸음으로 내 옆을 스쳐 지나갔다.

　문득 인터넷 댓글이 떠올랐다. 얼핏 봐도 착실해 보이는 남자애였다.

　'하지만 착실한 남자친구를 만나서인지, 최근에는 조용히 지냈는데.'

　어쩌면 미나세의 남자친구인 걸까. 그렇다면 지금 저

상태일 수도 있겠다 싶었다.

나는 그 남학생에게 말을 걸고 싶었다. 어떻게든 기운이 나게 해주고 싶었다.

하지만 뭐라고 말을 걸면 좋지? 나는 어떤 말을 할 수 있을까?

가해자의 딸이라는 걸 알면 그 애는 나를 어떻게 생각할까.

몸이 경직되는 바람에 결국 아무것도 하지 못했다. 그대로 남학생이 돌아가는 모습을 바라보았다. 심장이 마치 두방망이질하듯 두근거렸다. 가까스로 가슴을 진정시키고 병실 앞까지 다가갔다. 마음을 다잡고 문을 열었다.

가족의 모습은 보이지 않았다. 기계와 침대에서 잠들어 있는 여자애가 있을 뿐이었다.

나는 문을 닫고 침대로 걸어갔다.

이목구비가 반듯하고 예쁜 여자애가 잠들어 있었다.

침대 옆에는 어른스러워 보이는 그녀의 인상과는 약간 동떨어진 물건이 장식되어 있었다. 천 마리의 종이학이었다. 이 짧은 시간 동안 누군가가 이 아이를 위해 만들었겠지.

침대 옆 서랍장 위에는 롤링페이퍼도 놓여 있었다.

그 종이를 보고 나는 아무 말도 할 수가 없었다.

미나세에게

'아무쪼록 회복하기를.' '한 번쯤은 같이 쇼핑 가주라.' '언제나 먼저 인사해 줘서 고마워.' '미나세, 힘내! 어서 돌아와!' '실은 1학년 때부터 같은 반이었거든. 이번 반에서 조금 얘기할 수 있어서 무척 기뻤어. 빨리 또 얘기 나누고 싶어.' '미나세, 모두 기다리고 있어.' '빨리 돌아와서 반 미모 평균을 올려줘.' '얼른 돌아오기를 기다릴게.' '미나세~ 일어나~~!' '인사밖에 한 적 없는 사이지만 실은 얘기 나누고 싶었어.' '나도!' '쿨한 모습이 너무 멋있어.' '미나세가 프린트물 걷는 거 도와줬던 일 기억하고 있어. 또 도와주면 좋겠다.' '나, 종이학을 100마리나 접었다고. 분명 나을 거야.' '난 150마리야. 빨리 회복하길 바랄게. 기다릴게.' '미나세, 지면 안 돼. 반드시 좋아질 거야!' '안 좋은 일이 있던 날도 네가 인사해 줄 거라는 걸 알기에 학교에 다닐 수 있었어. 고마워. 빨리 낫기를.' '앞으로 본격적인 입시야! 돌아오지 않으면 내가 앞지를 테다!' '↑넌 애초에 미나세한테 상대도 안 돼. 멍청이들이 판을 치고 있으니까 빨리 돌아와.' '공부 가르쳐줘서 고마워. 또 이야기할 날을 기다릴게. 또 이야기할 수 있을 거라고 믿어.''천천히라도 좋으니까 나아야 해!''지지 마! 힘내, 미나세!''놀이공원 어땠는지 부끄럽다며 말해주지 않았잖아. 돌아오면 꼭 알려줘. 나, 기다릴 테니까.'

미나세는……, 반 아이들에게 사랑받고 있었다.

직접 이야기할 기회는 많지 않았을지도 모른다. 인사만 나눴을 뿐인 아이들도 있는 것 같다.

그래도 대부분이 각자의 말로 미나세의 쾌유를 기원하고 있었다.

그런 롤링페이퍼 중에서 하나만 달필인 글이 있었다. 아마도 담임 선생님이겠지.

'미나세 린에게. 이제 혼자가 아니란다. 우린 모두 네가 돌아오기를 기다리고 있어.'

그 전에 미나세는 혼자였던 걸까.

인터넷 게시판에서는 예전에 경찰서에 가는 소동을 일으켰다고도 적혀 있었다. 하지만 남자친구가 생기고 나서 달라졌다고. 매일같이 먼저 인사하는 좋은 아이였다고.

그런 여학생이 사고를 당했다. 나의 아버지가 그 사고를 일으켰다.

미나세는 많은 사람에게 사랑받고 있었는데.

지금까지 그랬던 것처럼 앞으로도 그럴 것이 틀림없었는데.

아무것도 할 수 없는 나는 침대에서 잠들어 있는 미나세에게 깊이, 깊이 머리를 숙였다.

미나세 린이 죽었다는 사실을 알게 된 것은 그로부터 사흘 뒤였다.

나는 방과 후 미나세에게 문병을 가겠다고 다짐했다. 아무런 의미 없는 자기만족일지도 모른다. 하지만 미나세가 깨어날 때까지 병실을 찾아갈 생각이었다.

그런데······.

그날 병원 접수처에서 면회를 신청하자 담당 직원의 얼굴이 어두워졌다.

접수처 직원과는 그사이 안면을 익혀두었는데, 나를 알아보더니 어딘가 행동이 부자연스러워졌나.

"미나세 학생은 어젯밤······, 상태가 악화되어서 세상을 떠났어요."

내 사고는 단번에 정지되었다. 말이 단순한 기호로 바뀌어버려 도무지 의미가 연결되지 않았다. 농담이나 과장이 아니라 정말로 무슨 뜻인지 알 수가 없었다.

세상을 떠나다니. 떠난다는 게 뭐였지? 사라진다는 의미인가.

사라지다니, 어디에서? 병원에서. 이 세계에서.

거부하고 있던 논리가 슬픈 결말로 연결되었다. 미나세 린은— 죽고 말았다.

"그, 그런가요?"

그렇게 대답하는 데만도 시간이 걸렸다. 접수처 직원이 걱정해 주었다. "괜찮아요?"라고 묻기에 간신히 고개를 끄덕였다. 고맙다고 인사한 뒤 그 자리를 벗어났다.

혼자 있을 장소를 찾다가 자동판매기 근처에 놓인 기다란 의자에 털썩 주저앉았다.

나는 미나세 린을 정보로밖에 알지 못한다.

얼굴도 몇 번밖에 보지 못했고 이야기를 나눈 적도 없다. 그런데도 눈물이 멈추질 않았다.

모두 미나세가 돌아오기를 손꼽아 기다리고 있는데, 그녀는 이제 돌아올 수 없다. 나와 같은 나이인데. 앞으로 창창한 미래가 있었는데.

나는 울었다. 울어도 아무 소용 없다는 건 잘 알고 있었다. 하지만 한 사람이라도 더 많이, 한 방울이라도 더 많이,

그녀를 위해 눈물을 흘리고 싶었다.

언젠가 어디선가 만나 알게 되었을지도 모르는 동급생인 그녀를 생각하면서 목소리를 죽여가며 나는 울고 또 울었다.

3

결국 아버지는 기소되어 실형 판결을 기다리게 되었다.

그래도 동정의 여지가 있어서 집행유예가 내려질 거라고들 했다.

하지만 인터넷에서는 여전히 동정받지 못하고 있었다. 그럴 때 작은 소동이 일어났다. 누군가가 아버지의 SNS 계정을 공개했던 것이다.

아버지가 올린 게시글 중에는 딸이라며 나의 옆얼굴이 찍힌 사진이 있었다. 다른 글에서는 그 딸의 이름이 '호노카'라고 쓰여 있었고.

아버지에게 나쁜 의도가 있었던 건 아닐 터이다. 친구나 지인들에게 자랑하고 싶었을지도 모른다. 흐뭇한 이야기로 넘길 수도 있는 일이었다.

하지만 아버지는 교통사고의 가해자가 되고 말았다.

그런 사람을 공격하는 사람들도, 이 세상에는 있다.

아버지에 관한 악의적인 말들이 나돌기 시작했고 내 존재와 사진도 공격의 대상이 되었다.

그뿐만이 아니었다. 내 연락처를 아는 누군가가 그 딸이 나라는 걸 눈치챈 모양이었다.

장난인지 아니면 명확한 악의인지, 내 메일 주소가 인터넷에 유출되었다.

미나세의 죽음을 알게 된 뒤 나는 한동안 학교에 나가지 않았다.

인터넷에서 이런 소동이 일어났다는 사실도 몰랐다.

그런 나에게 어느 날, 메일이 연달아 들어왔다. 의아한 마음에 조심성 없이 그중 하나를 열었다.

떠올리기도 싫지만 살인자의 딸이라고 욕하는 내용이었다.

"아…… 이게 뭐야! 무슨 일이지?"

설마 하면서 인터넷을 찾아보았다. 그때 아버지를 향해 갖가지 욕설이 올라와 있다는 사실을 알았다.

혼란스러워하는 와중에도 비밀 계정인지, 여러 메일 주소에서 메시지가 쏟아져 들어왔다.

무서워 숨이 막힐 것만 같았다. 어머니에게 도움을 청했다. 우선 사용하던 메일 주소를 삭제하고 조심하기 위해 전화번호를 변경하는 절차를 밟았다.

메시지 앱 계정은 다행히도 무사해서 주소나 학교명은 인터넷에 올라오지 않았다.

하지만 친구들에게 메시지가 들어올 때마다 겁이 났다.

⌐ 아버지가 사람을 죽이면 어떤 기분이야?

무심코 열었다가 본 비방 문구가 머릿속에 떠올라 호흡이 거칠어졌다.

스마트폰의 존재가 별안간 두려워졌다. 어머니와 상의해 스마트폰을 멀리하기로 했다.

정신 건강을 위해서 그렇게 하는 게 좋다.

실질적인 피해라고 하면 호들갑스럽게 들리겠지만 내게 닥친 피해는 그뿐만이 아니었다.

살아 있는 한 배가 고프다. 가족들이 마음 쓰고 챙겨줘서 식사를 하려 할 때였다.

젓가락을 들었지만 손이 움직여지지 않았다. 이런저런 안 좋은 일에 휘말린 내 기운을 북돋워 주려고 한 듯 식탁에는 내가 좋아하는 음식들이 잔뜩 차려져 있었다.

하지만……. 내게 과연 음식을 먹을 자격이 있을까.

미나세는 아무리 맛있는 음식도 이제 먹을 수 없다. 그런데 내가 맛있어, 맛있어, 하면서 뭔가를 먹어도 되는 걸까?

'아버지가 사람을 죽이면 어떤 기분이야?'

살인자의 딸인 내가?

거의 맛을 느끼지 못했지만 가족 앞에서라면 어떻게든 식사는 할 수 있었다.

그런데 마음이 약간 안정되어 다시 학교에 간 날이었다.

오랜만에 학교에 가니 긴장한 모양이었다. 누가 무슨 말을 할지 몰라 신경이 바짝 곤두서 있었던 것이 원인이었을지도 모른다.

반 아이들 앞에서 밥을 먹을 수가 없었다. 귀울림이 생기더니 멈추질 않았다. 그럴 리가 없는데도 모두 나만 보고 있는 것 같았다.

살인자의 딸이 태평하게 밥을 먹는 거야? 염치없이 잘도 살고 있네.

그런 말을 하지 않는데도 모두의 시선이 신경 쓰여 손이 덜덜 떨렸다.

그래도 애써 먹으려고 노력하다가 토하고 말았다.

식사 공포증. 그 일종인 것 같다고 의사 선생님이 말했다. 어떤 정신적인 이유로 사람들 앞에서 식사할 때 과도하게 긴장하거나 고통을 느끼는 증상이라고 했다.

나는 왠지 살아 있다는 사실이 견딜 수 없이 미안했다.

다시 학교를 쉬기 시작했다.

날짜는 어느덧 12월로 접어들었다. 겨우 한 달 사이에 내 인생은 완전히 바뀌어버렸다.

일상이 이렇게 쉽사리 깨지는 것인 줄 전혀 몰랐다. 나는 내 멋대로 일상은 단단하다고 믿고 있었다. 하지만 그렇지 않았다. 일상은 기적과도 같은 확률로 지켜지고 있는 것이다.

신문을 보면 수많은 불행이 날마다 넘쳐나고 있지만 결국은 대부분 남의 일로만 여기고 지나친다.

당사자가 되지 않고서는 일상이 이렇게 간단히 무너지는 것이라고 깨닫지 못한다.

나는 내 일상이 회복되기를 기다렸다.

시간이 지나면 대부분의 일은 잊힌다. 저절로 지나간다.

새아버지도 최선을 다해주었다. 인터넷에 떠도는 내 정보를 삭제하기 위해 힘써주었다.

나는 죽은 듯이 살았다. 그저 살아 있는 것밖에 아무것도 할 수 없었다.

하지만 인간은, 아무 생각도 하지 않고 살 수 없다. 사고는 항상 작동하기 마련이다. 방에 틀어박혀 있으면 병실에서 잠들어 있던 미나세의 모습이 떠올랐다.

그 애가 미치도록 살고 싶어 했을 날들을, 나는 살아가고 있었다.

미나세가 살고 싶어 했던 내일을, 나는 아무런 의미 없이 무위도식하고 있다.

점점 더 틀어박혀 있는 게 괴로워졌다.

방에서 나오지 않은 기간은 짧았다. 침대 속에 구원은 없다. 나는 오늘이라는 날을, 살아 있는 책임을 다하며 살아가야 한다.

부모님은 나를 줄곧 걱정했다. 방에서 나와 걱정 끼친 데 대해 사과했다.

담임 선생님과 상의해 보건실에 머무는 한이 있더라도 등교하기로 결정하고 다시 학교에 다니기 시작했다.

그러는 동안 크리스마스가 지나고 겨울방학이 되었다.

수험생답게 입시 공부에 전력을 다했다. 별것 아닐지 몰라도 지금 학생인 내가 해야 할 일이었다. 그렇다면 게으름 피우지 말고 최선을 다하자.

공부에 집중하다 보니 순식간에 날짜가 지나갔다.

2월에는 사립 고등학교 입시가 실시되었고 원하는 학교에 합격했다.

사고가 일어난 지 3개월이 지났다. 짧은 듯하면서 길고 깊고 괴로운 날들이었다.

고등학생이 되어 전철로 통학하기 시작했다. 집에서 멀리 떨어진 다른 지역 사립 고등학교를 선택했기에 중학교 동창은 거의 없었다. 나는 밝게 지내려고 노력했다.

그래도 아직 스마트폰은 사용하기 두려워서 반 아이들에겐 부모님이 금지하고 있다는 거짓말을 했다.

특이한 병이 있어 미리 상태를 검사하지 않고는 밥을 먹을 수 없다는 구실을 대고 점심시간이 되면 보건실에서 혼자 도시락을 먹었다. 학교 측에는 사정을 말해두었다.

봄, 여름이 지나고 이윽고 가을이 되었다. 교통사고가 일어난 지 1년이 지났다.

어느새 나는 내 생활을 되찾았다. 식시 공포증은 낫지 않았지만 평범하게 살아갈 수는 있게 되었다.

이렇게 내 생활을 되찾자 타인을 생각할 여유가 생겼다.

타산적이다. 자신의 일로 버겁고 힘든 시기에는 그럴 여유조차 없었는데.

문득 미나세의 병실에서 나오던 남학생이 궁금했다.

만약 미나세의 남자친구였다면, 지금쯤 그 아이도 자신의 생활을 되찾았을까.

미나세의 죽음을 극복했을까. 아니면…….

'아버지가 사람을 죽이면 어떤 기분이야?'

불현듯 예전에 나를 비아냥거리던 친구의 메시지가 머리를 스쳤다.

그때 이후로 가끔 이럴 때가 있었다. 나도 모르게 몸이 바싹 움츠러들었다.

나는 병실 앞에서 마주친 남학생이 걱정되어 현재 어떻게 지내고 있는지 상황을 알고 싶었다.

하지만 경우에 따라서는 긁어 부스럼이 될 수도 있다.

지나친 생각일 수 있지만 그 남학생의 근황을 알아보는 과정에서 그때만큼, 아니 어쩌면 더 큰 공포를 느끼게 될지도 모른다. 실제로 그 남학생에게 심한 말을 들을 수도 있다.

지금 나는 내 발밑에 보이지 않는 경계선이 그어져 있다는 걸 깨달았다.

나는 이미 내 생활을 되찾았다.

이 안정적인 생활을 위협할 수도 있는 위험을 무릅쓰면

서까지 그 남학생에 관해 알고 싶은 걸까.

아니……. 이런 사고방식은 잘못된 거다.

알고 싶다거나 알고 싶지 않다는 문제가 아니라 알아야
한다.

의사와 부모님에게는 "그렇지 않다"는 말을 수도 없이
들었지만 역시 그 교통사고는 내가 아버지와 계속 만나지
않았더라면 일어나지 않았을 테니까…….

나는 그 남학생의 이름도 모른다. 하지만 교복으로 봐
서는 미나세와 같은 중학교인 게 틀림없다.

학교 친구들에게 물어서 미나세와 같은 중학교를 나온
동급생을 찾아냈다. 같은 반은 아니었지만 그 여학생과 안
면을 트고 조금씩 이야기하는 사이가 되었다.

그리고 어느 날 방과 후, 둘만 있게 되었을 때 마음먹고
물어보았다.

"있잖아, 좀 궁금한 게 있는데……. 혹시 미나세라는 애
알아? 같은 중학교 아니었어?"

이 친구는 얌전하고 상냥하며 다소 소극적인 성격이었
다. 미나세가 누구인지 금방 알아차린 듯 마음 아파하는
표정을 지었다.

"어, 응……. 알아. 옆 반이었거든. 근데 왜?"

사실은 병실 앞에서 마주친 남학생에 대해 직접 물어보고 싶었다. 하지만 어떤 정보도, 실마리도 없었기에 미나세에 관해 먼저 물어보고 나서 이야기의 범위를 넓혀가야겠다고 생각했다. 아무렇지 않은 척했지만 상당히 긴장되었다.

이제 거의 지워지긴 했으나 교통사고를 일으킨 가해자의 딸 이름이 '호노카'라는 것이 인터넷에 올라왔었기 때문이다.

행여 만에 하나라도 내가 가해자의 딸이라는 게 들통나지 않도록 최대한 자연스러운 말투로 대답했다.

"미안, 이상한 걸 물어서. 실은 예전에 함께 논 적이 있거든. 친구의 친구랄까, 그런 사이였지만…… 미나세가 사고에 휘말려서."

"너희 아버지가 죽인 거잖아."

순간 숨이 멈추는 줄 알았다.

세상이 고요해지고 심장 뛰는 소리만이 나를 지배하고 있었다.

……하지만, 아니야. 환청이다. 이 애는 그런 말을 하지

않았어.

고개를 숙여 표정을 감춘 채 가만히 아무 말도 하지 않았다.

침묵이 두려웠다. 지금까지 이 애는 평범하게 나를 대해주었는데 사실은 전부 알고 있었던 게 아닐까. 다 꿰뚫어 보고 있었던 게 아닐까.

'아버지가 사람을 죽이면 어떤 기분이야?'

그만해, 사라져줘. 내 의식에서 없어지라고. 나는, 나는……

"그랬구나……. 충격이 컸겠네."

하지만 그건 내 착각이었다. 이 애는 단지 마음 아파하고 있을 뿐이었다.

가슴을 진정시키려고 숨을 내쉬었다. 그 모습이 부자연스럽게 비치지 않도록 애쓰면서.

나를 비방하던 메시지가 떠올라 등줄기에 땀이 났지만 가까스로 대답했다.

"으, 으응. 그리고……. 미나세, 남자친구 있었지? 얘길 좀 듣긴 들었거든……. 얼핏 보면 평범하달까. 자상해 보이는 그런."

"아아, 히구치 말하는 거지?"

"히구치?"

이 애는 어딘가 슬픈 듯이 웃더니 과거를 회상하며 말을 이어나갔다.

"미나세, 예전에는 말썽도 좀 피우고 그랬어. 경찰이 찾아오는 일이 있어서 학교에 못 오기도 했고……. 하지만 히구치랑 사귀면서부터는 착실해져서 인상이 바뀌었다고 모두들 얘기했는걸."

"그랬구나. 그래서 히구치라는 애는 괜찮나? 잘 지낸대?"

"지금은 잘 모르겠는데 당시엔 굉장히 힘들어했어. 하지만 자기 나름대로 극복했는지도 몰라. 사고 직후에는 학교에도 안 나왔지만 언제부터인가 다시 나오고……. 열심히 공부해서 지금은 입시 명문고에 다니는 모양이야. 대단하지."

이 애는 그 히구치가 다니고 있다는 고등학교 이름도 알려주었다.

사진이 있는지 묻자 약간 의아해했지만 집에 돌아가서 중학교 앨범을 찾아보고 사진을 메일로 보내주기로 했다.

집에 돌아가 저녁 무렵에 컴퓨터로 메일을 확인했다.

틀림없었다. 사진 속 인물은 병실 앞에서 보았던 바로 그 남학생이었다.

4

　다음 날 방과 후부터 나는 히구치라는 남학생의 모습을 살펴보러 가기로 했다.

　가까운 곳이 아니라 매일 교문 근처에서 기다릴 수는 없지만 히구치가 다니는 학교는 일주일에 몇 번 7교시 수업을 하는 날이 있다. 그 요일을 알아내 교문 근처에서 상황을 엿보았다.

　눈에 띄지 않도록 주의를 기울이면서 나오는 사람들을 계속 지켜보았다.

　그렇게 히구치를 찾아다닌 지 일주일이 지난 어느 날, 마침내 그 애를 발견했다.

　인쇄해서 들고 간 사진을 번갈아 보며 몇 번이나 확인했으니 틀림없다. 하지만 다른 사람인가 의심이 들 정도로 히구치는 표정이 어두웠다. 고개를 숙이고 혼자서 걸어가고 있었다.

　……히구치는 정말로 미나세의 죽음을 극복한 걸까.

　전혀 그렇게 보이지 않아서 그의 뒤를 따라갔다. 주위에 사람이 적어지면 과감하게 말을 걸기로 마음먹었다. 하지만 도무지 말이 나오질 않았다.

예전에 병원에서도 그랬다. 막상 눈앞에 맞닥뜨리니 뭐라고 말을 걸어야 할지 알 수가 없었다. 그렇다고 그 사고를 일으킨 가해자의 딸이라고 내 소개를 할 수도 없는 노릇이다.

"저, 저기."

부르려고 가까스로 짜낸 목소리가 너무 작아서 히구치에게는 닿지 않았다.

그 직후였다. 이해할 수 없는 일이 일어난 것은.

나는 확실히, 이 눈으로 보고 말았다. 귀로 듣고 말았다.

"미나세……."

히구치가 사람들의 발길이 끊어진 거리에 멈춰 서더니 옆으로 시선을 돌리고는 뭐라고 중얼거렸다.

잘못 들었나 싶었지만, 아니었다. 히구치는 분명히 미나세의 이름을 불렀다.

"괜찮아. 그렇게 마음 써주지 않아도……. 딱히 네가 신경 쓸 일도 아닌데. 이제 그 얘긴 그만하지."

무슨 일이 일어나고 있는 건지 몰라서 혼란스럽기만 했다. 히구치의 옆에는 마치 그 애에게만 보이는 누군가가 있는 것 같았다.

아니, 그건 누군가가 아니다. 상대를 미나세라고 불렀다.

그 뒤로도 히구치는 뭐라고 이야기했지만 두 사람? 사이에서 오가는 이야기는 끝난 듯 다시 혼자 걷기 시작했다. 나는 멀어져 가는 그 뒷모습을 망연히 바라보았다.

내 일 이상으로 슬픔이 밀려왔다. 주위에 내색하지 않고 있을지 모르지만 히구치는 조금도 괜찮지 않았다.

그날 이후 내 머릿속은 히구치에 관한 생각으로 가득 찼다.

히구치가 보인 증상에 관해서도 조사해 보았다. 사고의 트라우마로 환각이 생기는 사례도 있고 상상 친구라고 불리는, 그 사람에게만 보이는 친구가 존재한다는 사실도 알았다.

……나는 어떻게 해야 하는 걸까.

일상에서의 모든 순간, 나는 그런 생각을 하기 시작했다.

내가 뭔가를 할 수 있다는 오만한 생각을 하는 건 잘못일지도 모른다.

하지만 히구치에게는 친구가 있는 것 같지 않았다. 그렇다면 그의 상태를 알고 있는 사람은 나뿐일 것이다. 무엇보다 나는 히구치를 이런 상황 속에 빠뜨린 사고 가해자의 딸이었다.

말할 수 없이 미안한 마음이 들었다.

나는 어떻게 해서든 히구치가 기운을 차리길 원했다. 이제 미나세는 돌아오지 못하지만, 너무나 슬퍼서 감당하기 힘들겠지만 다시 앞을 보며 살아나갔으면 좋겠다.

뭔가, 뭔가 없을까. 내가 그 애를 위해서 할 수 있는 일이…….

생각에 빠져 있다가 한 가지 사실을 깨달았다. 사회적으로 본다면 우리는 가해자의 딸과 피해자의 연인이다. 그런 우리 사이에 아무런 접점도 없었지만 공통점이라면 있었다.

히구치와 나는 고등학교 1학년으로 나이가 같다.

하려고만 한다면 그 애와 같은 반 친구가 되는 것이 불가능한 일은 아닐 것이다.

내가 꽤나 대담한 일을 계획한다는 자각은 있었다.

나는 히구치와 같은 반이 된다거나 그 애의 친구가 되어 힘을 줄 수는 없을까, 골똘히 생각했다.

자기만족. 죄의식에서 오는 대가 행위. 위선.

내 행동은 어쩌면 세상 사람들에게 그렇게 보일지 모른다. 규탄받을 수도 있겠지.

그래도 상관없었다. 이런 나라도 뭔가 할 수 있는 일이 있다면, 피해자의 연인에게 힘이 되어줄 수 있다면 망설이지 않고 실행해야 하니까.

이때부터 나는 히구치가 다니는 고등학교로 전학 갈 방법을 알아보기 시작했다.

하지만 안타깝게도 결원 모집을 하지 않는 학교로는 애초에 전학할 수가 없었다.

모집 현황은 매년 3월과 9월에 발표한다고 했다. 나는 편입 시험공부를 하며 3월까지 기다리기로 했다. 기다리는 일이나 참는 일에는 익숙해져 있었다.

하지만 3월이 되어 막상 뚜껑을 열어보니 결원 모집이 없었다.

그 무렵에는 이미 부모님께 '가능성을 넓히기 위해 공립 인문고에 다니고 싶다'고 말씀드려 승낙을 받아놓은 상태였다. 학교에도 함께 이야기를 들으러 갔지만 결원이 없는 한 어쩔 도리가 없다는 것이 학교 측이 내놓은 대답이었다.

또다시 반년 혹은 1년 동안 결원이 생기기를 기다려야 한다.

히구치의 상태를 생각하면 가슴이 아팠다. 무리를 해서라도 학교가 아닌 다른 곳에서 접점을 만들어볼까, 하고 마음이 다급해지기도 했다.

그러다 5월로 접어들었을 때 생각지도 못한 연락을 받았다. 갑작스럽게 결원 예정이 생겼다는 것이었다. 은둔형 외톨이로 지내던 여학생이 새 반에 적응하지 못해 방송통신고등학교로 옮기기로 했다는 이야기였다. 그 학생은 5월 중에 수속을 모두 마치고 정식으로 학교를 떠날 예정이라고 했다.

나는 바로 편입 시험을 치르고 무사히 합격했다. 내가 다니던 학교 쪽의 수속도 5월 중에는 끝이 나 주중이기는 하지만 다음 달부터 등교할 수 있게 일이 진행되었다.

새로운 학교의 담임 선생님이 미리 반 아이들의 좌석표와 명단을 보여주었다.

그때만큼 놀라기는 처음이었다. 기적처럼 같은 반에 히구치가 있었다. 더구나 전학을 가게 되었다는 여학생은 우연히도 히구치의 옆자리였다. 자연스럽게 내 자리는 그곳으로 배정되었다.

전학 첫날은 상당히 긴장했다. 전학이라는 큰일에 긴장한 게 아니라, 드디어 히구치와 같은 반이 되어 이야기할 수 있다는 사실 때문이었다.

가해자의 딸과 피해자의 연인이라는 관계가 아니라 단순히 같은 반 친구로서.

하지만 교실에 히구치는 없었다. 아무래도 자주 학교를 빠지는 듯했다.

일반적인 전학 시기가 아닐 때 와서 그런지, 쉬는 시간에 많은 아이들이 내 주위로 모여들었다.

이런저런 질문에 대답하면서도 내 의식은 온통 히구치에게로 향해 있었다. 대화하는 도중에 물어보았다.

"그러고 보니 옆자리 애는 오늘 안 왔나 보네? 어떤 애야?"

그러자 모두 어리둥절한 표정으로 얼굴을 마주 보더니 다음 순간, 화제에 오른 히구치를 어딘가 깔보는 듯이 웃었다.

"아하, 걔? 옆자리이긴 하지만 너도 엮이지 않는 게 좋을 거야."

"히구치 말인데, 1학년 때부터 일부 애들 사이에서는 유명하지."

"맞아, 맞아. 뭔가 혼잣말을 중얼중얼거린대."

"그 얘기, 나도 들은 적 있어. 허공에 대고 얘길 한다던데. 어휴, 무서워!"

"너무 소름 끼친다. 잠정적 범죄자 아니냐?"

나는 그때까지 반 아이들과 잘 지내겠다고 마음먹고 있

었다. 전학 온 목적은 히구치와 친구가 되는 데 있지만 그러기 위해서는 학급 분위기에 잘 녹아드는 것도 중요하다고 생각했다.

하지만……. 학급 따위 눈곱만큼도 중요하지 않다는 생각이 들었다.

남의 험담을 해대며 즐겁다는 듯이 떠드는 애들이라도 친구가 되면 좋은 점이야 있겠지.

그러니까 단지 내가 미숙하고 생각도, 참을성도 없었을 뿐이다.

솔직히 말해 용서할 수가 없었다. 히구치를 비웃고 흉보는 애들을.

분명 히구치에게도 잘못은 있다. 자기만의 세계에 틀어박혀서 주변 사람들과 소통하지 않은 채 자신을 이해시키려는 노력을 하지 않았을 것이다.

하지만 그러는 데는 어쩔 수 없는 이유가 있다.

나는 신이 나서 남을 헐뜯고 비아냥거리며 웃는 반 아이들을 가만히 쳐다보았다.

히구치는 말이지, 필사적으로 살아가고 있는 거야. 누구나 그래. 나의 아버지도 그랬어. 사람들은 모두 감당하기 어려운 인생일지라도, 필사적으로 살아내고 있는 거라고.

그런데 어떻게 죽을힘을 다해 살아가고 있는 사람들을 비웃을 수가 있지?

비웃지 말라고. 내가 보기엔 말이지…….

"아니. 나나 너희들이 훨씬 더 소름 끼쳐."

그런 말을 내뱉은 순간 교실 분위기가 단번에 얼어붙었다.

주위에 있던 아이들의 얼굴에는 놀란 표정이 역력히 드러났다. 무슨 말을 들은 건지 얼른 이해하지 못하는 모습이었다.

나는 자리에서 일어나 주위를 한번 쭉 둘러본 뒤 말을 계속했다.

"미안. 내 질문에 대답해 줬는데 미안하지만, 앞으로는 날 가만히 내버려둬. 없는 것처럼 대해주면 좋겠어."

"어……, 뭐어?"

조금 전까지 웃어대던 반 아이들이 분명히 혼란스러워하고 있었다. 그들 입장에서 보면 전학생과 즐겁게 수다를 떤 것뿐일지도 모른다.

미안한 마음도 있었지만 이 애들과 잘 지내볼 생각은 눈곱만큼도 없었다.

이 애들과 친구가 되고 싶지 않다. 재밌어하며 남의 뒷말을 떠들어대는 사람이 되고 싶지 않다.

"난 남을 비웃는 사람들이 너무 싫어. 연락처도 주고받지 않을 거고 밥도 같이 먹지 않을 테니까 부르지도 말아 줘. ……그리고 난, 식사 공포증이 있어서 같이 밥 먹으면 우웩, 하고 토하거든. 서로를 위해서도 날 그냥 내버려두는 게 좋지 않겠어?"

식사 공포증에 관해서 반 아이들에게 말한 건 그때가 처음이었다.

말하고 나니 속이 시원했다. 이 학교에서는 또 뭐라고 핑계를 대야 할지 고민하던 내가 바보 같다. 그게 우스워서 웃음이 나왔다.

그런데 그 웃음이 섬뜩하게 느껴졌는지 "어, 아니, 아리마?" 하고 아이들이 놀라며 당황스러워했다.

그때 다른 아이들과 함께 신나게 히구치 뒷담화를 하던, 요란한 차림새를 한 여자애가 앞으로 나섰다.

"너 말이야, 왜 갑자기 화를 내는 거야? 기껏 상대해 줬더니만."

"마음 써줘서 고마워. 하지만 애써 상대해 주지 않아도 돼. 어쨌든 가만 내버려둬."

"……재수 없어. 다들 잘해주니까 우쭐한가 보지?"

"우쭐한 거 아니거든. 여기 공부 잘하는 애들만 모인 학교 아냐? 근데 이해가 안 돼? 쉽게 말하면 남의 뒷담화나 까면서 재밌어하는 애들이 싫다고."

"성격 더럽네."

"너희가?"

이 애들이 몰아붙여도 전혀 무섭지 않았다. 가까이 붙어서서 서로 노려보고 있는데 수업 종소리가 울렸다. 남학생들은 난처해하고 있었지만 눈앞에 마주 선 여자애는 코웃음을 쳤다.

"그럼 원하시는 대로 해주지. 전학 첫날 완전히 끝난 거야, 넌."

그 뒤로는 분위기가 빠르고 극단적으로 바뀌었다.

수업 중에 반 단체 메신저 방에서 뭔가 얘기들이 오갔는지 완전히 나를 투명인간으로 대하기 시작했다. 아이들은 일절 나를 아는 척하지 않았고 교실에서 공기처럼 취급했다.

이런저런 뒷말이 많을 거라고 짐작했지만 나 개인에 대한 험담은 아무래도 좋았다.

애초에 나는 반 아이들과 친구가 되고 싶어서 전학 온

게 아니니까.

아이들이 나를 상대하지 않는다는 걸 담임 선생님도 바로 눈치챈 모양이었다. 방과 후에 교무실로 불러 물어보셨지만 내가 원한 것이니 문제없다고 설명해 드렸다.

전학 온 다음 날은 금요일이었다. 히구치는 교실에 없었다.

전학 첫날에는 다른 반에서도 나를 보러 애들이 찾아왔지만 나와 싸운 여자애가 뭔가를 떠벌리고 다녔는지 더는 아무도 오지 않았다.

다음 주에는 히구치가 학교에 올까. 나는 교실에서 이제나저제나 히구치가 나타나기를 기다렸다.

그다음 주에 드디어 히구치가 모습을 나타냈다.

모르는 여학생이 옆자리에 앉아 있어서 당황한 듯했다.

나는 히구치에게 말을 걸며 웃어 보였다.

이제 지금부터 많은 일이 시작될 것이다. 나는, 나는……

"이것도 인연인데, 나랑 친구가 되지 않을래?"

내가 해줄 수 있는 최소한의 일……. 히구치가 웃기를 기도했다.

히구치 유

IV

"우리 아빠가 일으킨 교통사고로, 미나세는 열흘 뒤에
죽었으니까."

　아리마가 무슨 말을 하는 건지 도무지 이해할 수 없었다.
　미나세는 천연성 의식장애가 아니다. 그 애는 사고가
난 지 열흘 뒤에 죽었다.
　아리마는 묘석 앞에서 괴로운 표정을 지으며 자신의 이
야기를 털어놓았다.
　자신이 교통사고 가해자의 딸이라는 것. 병원에서 지친
모습을 한 나를 발견했다는 것.
　지금의 내 상태를 알고 걱정이 되어 전학을 왔다는 것
까지…….

아리마의 행동은 이해가 되었다. 죄책감을 느껴서인지 내게 다정하게 대해주었다. 진실한 마음으로 내 이야기를 들어주었다. 다만…….

"그러니까……. 미나세는 이제, 이 세상에 없어. 그걸 너도 알고 있었을 거야."

그 말만은 믿을 수가 없었다. 전혀 이해할 수 없다.

미나세는 옮겨 간 병원에서 죽은 게 아닐까 하고, 한 번은 의심을 품기도 했다. 하지만 그런 일은 역시 믿을 수 없다. 미나세는 의식이 돌아오지 않았을 뿐이다. 미나세는 지금도 어딘가에서 살아 있다.

멋대로 죽이지 말라고!

그렇게 생각했지만 다음 순간, 내가 봤을 리 없는 광경이 소음처럼 머릿속을 헤집고 나타났다.

나는 혼자 야외에 서 있었다. 하늘로 피어오르는 연기를 물끄러미 바라보고 있다.

느닷없이 한기가 덮쳐와 몸이 부르르 떨렸다.

……나는 대체, 지금 뭘 떠올리고 있는 거지?

그런 광경, 내 기억에는 없다. 있을 리가 없다. 있어서는 안 된다.

하지만 그 장면을 시작으로 기묘한 광경이 잇따라 뇌리

에 꽂히듯 떠올랐다.

지하에 있는 어두운 방으로 달려가던 일. 누군가의 얼굴에 하얀 천이 덮여 있던 일. 경야.

장례. 눈물을 흘리는 반 아이들. 가장자리를 꽃으로 두른 액자 속에 누군가의 사진이 있었다.

내가 잘 아는 사람이었다. 내가 너무도 사랑하는 여자.

미나세 린.

그녀가 사진 속에서 다정하게 미소 짓고 있었다. 본 적이 있는 사진이다. 내가 스마트폰으로 찍어준 것이었다.

미나세의 양부모님에게 영정 사진이 필요하다는 부탁을 받은 담임 선생님이 나를 찾아왔다.

졸업 앨범용 사진은 막 3학년이 되었을 때 찍은 거라 마땅치가 않다면서…….

기억이 뒤죽박죽 섞여 있다. 왠지 나는 울면서 거부했다. 큰 소리로 울부짖었다.

이게 뭐지? 지금 난 뭘 떠올린 걸까. 뭘, 알고 있던 것일까.

실제의 나는, 미나세가 죽었다는 사실을, 알고 있었던 걸까?

웃음이 나왔다. 웃을 수밖에 없다.

시야가 뿌옇게 흐려져서……. 어째서지? 왜 나는 울고 있는 거지?

미나세와 함께한 시간이 행복했기 때문일까. 그 시간은 다시 돌아오지 않는다는 걸 알기 때문일까. 아니면 연기가 된 미나세가 화장터 밖에서 세계와 하나가 되는 광경을 보고 만 탓일까.

"나, 나는……."

모르겠다. 하나도 모르겠다. 기억이 이상하다. 혼탁하기만 하다. 대체 뭐가 진실인가.

아리마. 미나세. 지금까지의 일. 내 기억.

"아니야. 아리마, 네가 말한 건 거짓이야! 잘못된 거라고!"

나는 눈물로 뺨을 적시면서 부정했다. 무언가를 이해하는 한편 있는 힘을 다해 부정했다.

그렇게 하지 않으면 버티지 못할 것 같았다.

내 말을 들으며 아리마는 괴로운 표정을 지었다.

내 착각이라는 것을 막무가내로 이해시키려는 표정이었다.

"그런 표정 짓지 마. 그렇게 날 속이려는 거잖아!"

"히구치……."

"누구한테 무슨 말을 들은 거야? 어째서, 미나세가 죽었다는 그따위 거짓말을 하는 거지?"

"히구치. 나는……."

"아, 그렇군. 너는 사실 상상 친구인 거야. 내가 미나세를 찾지 않도록, 죽었다고 믿게 하려고……. 그렇게 해서 단념시키려는 거야. 그렇지?"

순간 눈앞에서 뭔가가 움직였다. 아리마가 내 손목을 붙잡았다.

손목에는 확실히 사람의 체온이 느껴졌다. 아리마와 나는 틀림없이 피부가 닿아 있다.

"나는 여기 있어. 환상이 아니야."

"그럼……, 그거네. 미나세를 찾지 못하니까 죽은 걸로 한 거야. 그렇지? 틀림없어."

나는 어이없는 웃음을 흘렸다. 나 자신도 왜 그런 표정을 지었는지 모르겠다.

나로선 죽을힘을 다해 저항한 건지도 모른다. 그것을 아리마가 무너뜨리려 하고 있다.

"히구치. 너도 사실은, 알고 있잖아?"

"뭘?"

"미나세는……. 이미 죽었……."

"그만해!"

나는 잡혀 있던 손을 힘껏 뿌리쳤다.

입은 소리를 지르고 몸은 떨고 있었다. 지금까지 살아오면서 이렇게 필사적인 적은 없었다.

"더 이상, 아무 말도 하지 마!"

소리치고 거부해도 아리마는 나를 포기하지 않았다.

"히구치, 네가 전에 말했잖아. 상상 친구는 의미를 가지고 생겨나는 존재라고."

"몰라. 그런 말 한 기억 없어."

"너한테는 미나세의 모습을 한 상상 친구가 보였다면서? 그렇다면 그 애는 어떤 역할을 하려고 나타난 거지?"

"그건……. 어딘가의 병원에 잠들어 있는 미나세에게서 도망치지 않게 하려고."

"정말로 그럴까?"

"아니라고 하고 싶은 거야?"

"넌 지금까지 계속 대화를 나눴잖아? 미나세가 뭐래?"

무심코 눈을 크게 떴다. 아리마의 말이 의식에 와닿았다. 그것을 막을 수가 없었다.

'하지만 너는 뭔가 의미가 있어서 내 앞에 나타난 거

지?'

내 질문에 미나세가 뭐라고 대답했더라.

'넌 어떻게 생각하는데?'

'네가 도망치고 있는 건 정말 나한테서 뿐이야?'

'네게 필요한 건 현실을 보는 일이야.'

현실을, 보는 일.

미나세가 깨어나지 못할 수도 있다는, 현실을?

아니면…… 미나세가 이미, 이 세상에 없다는 현실을?

"그, 그건. 그건……."

답은 거기에 있었는지도 모른다. 내 무의식은 알고 있었던 걸까.

미나세가 이미, 이 세상에 없다는 것을.

나는 현실에 부딪혀 무릎을 꿇고 털썩 주저앉을 것만 같았다.

내가 믿고 싶었던 세상은 윤곽을 잃고 희미해져서 한낱 거짓이 되어버렸다.

뭐라고 말하고 싶었지만 내 안에는 아무 말도 들어 있지 않았다.

"히구치······. 미안해, 힘들게 해서."

그런 나에게 아리마가 걱정스러운 듯 말을 건넸다. 그 말에 나는 고개를 들었다.

"정말로 미안해. 하지만 나는 다시 한번, 네가 네 인생을 살아갔으면 해."

"살아간다고······. 미나세가 없는, 이 현실 세계를?"

"응?"

스스로도 한심하다고 느껴지는 표정으로, 나는 웃음을 내뱉었다.

아무리 현실 세계라고는 하지만 그런 희망 없는 세상을, 과연 나는 살아가고 싶은 걸까.

"나는······, 싫어."

메마른 웃음이 치밀어 올라왔다.

"그런 세상과는 잘 지낼 수가 없어. 잘못된 거라고!"

비통한 표정을 짓고 있는 아리마에게서 등을 돌렸다. 내 행동이 어리석다는 걸 알면서도 그대로 뛰쳐나갔다.

한시라도 빨리 현실에서 벗어나고 싶었다. 1분 1초도 더 머물러 있고 싶지 않았다.

아리마가 날 애타게 부르는 소리가 들려왔지만 떨쳐내 버렸다.

그 목소리처럼 이 현실도 힘껏 떨쳐내리라 결심했다.

달리고, 달리고 또 달렸다.

하지만 소용없었다. 아무리 달려도, 도망쳐도 현실은 어디까지고 쫓아왔다.

태양도 달도 현실의 편이다.

그럼에도 나는 달렸다. 달리는 동안에도 갖가지 기억이 되살아났다.

초등학생 때 미나세와 처음 만난 날.

외톨이끼리 서로 의지하며 지냈던 날들.

운동회 다음 날, 함께 놀이공원에 갔다. 미나세가 좋아하며 소리 내 웃었다.

미나세의 모습만 떠오른다. 미나세가 기뻐하던 얼굴만 가득히 떠오른다.

미나세는 내게 소중했다. 정말 좋아했다. 언제까지나 웃었으면 했다.

우리 둘의 행복은 언제까지고 계속될 거라고 믿었다.

하지만……. 지금이라면 확실히 떠올릴 수 있다. 그날, 아침에 담임 선생님에게서 연락이 왔다. 지난밤, 미나세의 상태가 악화되어 세상을 떠났다고 했다.

담임 선생님이 데리러 와서 함께 병원으로 갔다. 영안

실에서 차가워진 미나세를 마주했다. 미나세의 얼굴에는 무슨 장난처럼 하얀 천이 덮여 있었다.

경야도 장례도 모두가 거짓말 같았다. 어설픈 연기를 보고 있는 듯 조금도 현실감이 없었다.

나는 어느 것 하나 믿을 수가 없었다. 아니, 믿어서는 안 되었다.

미나세가 화장터에서 연기가 되었어도, 그 현실을 인정할 수 없었다.

화장하는 도중에 비가 내렸다. 어른들이 걱정하는데도 나는 혼자 줄곧 밖에 서 있었다. 미나세의 죽음을 거짓으로 돌리고 싶었다. 이유가 있어서 미나세와 떨어져 있는 거라고 여기고 싶었다.

미나세는 지금도 어딘가에 있다고, 믿고 싶었다.

그리고 눈을 떴을 때, 나는 내 방 침대에 있었다.

감기로 쓰러져 한동안 누워 있었던 듯 날짜 감각이 모호했다.

다만 악몽을 꾼 것만은 기억났다.

불길한 꿈이다. 미나세가 죽었다는 연락을 받고 경야와 장례에 참석했다.

꿈이어서 다행이라고, 울고 싶을 정도로 안심했다.

그래도 미나세가 걱정되어 병문안을 가려고 서둘러 준비했다. 현관에서 어머니가 걱정스러운 얼굴로 행선지를 물었지만 대꾸할 경황이 없었다. 짜증만 치밀었다.

"몰라, 나 좀 내버려둬!"

정신없이 미나세가 잠들어 있는 병원으로 향했다.

하지만 꿈이란 건 뭔가의 암시인지도 모른다.

접수처에서 면회 신청도 하지 않고, 미나세가 있어야 할 병실로 달려갔다. 그곳은 텅 비어 있었다.

미나세가……, 없다.

우두커니 서 있는데 복도를 걸어오던 간호사가 나를 쳐다보았다. 면회증을 달지 않고 병동에 들어와 있다고 주의를 받았다.

무심코 나는 이 병실에 있던 사람에 관해 물었다.

간호사는 인상을 찌푸리더니 그런 건 가르쳐줄 수 없다고 딱 잘라 거절했다. 병동에 들어갈 때는 반드시 면회 신청 절차를 밟으라고 거듭 훈계했다.

병실에서 쫓겨나면서 나는 미나세가 없는 세상으로 내팽개쳐졌다.

이 세상에는 어찌 된 일인지 미나세가 없었다.

나는 열이 나서 멍한 머리로 그 이유를 생각했다.

한 가지 결론이 나왔다. 틀림없었다. 양부모님이 미나세를 집으로 데려가지 않겠다고 거부한 거다. 그래서 미나세가 다른 병원으로 옮겨졌다.

미나세는……, 천연성 의식장애니까.

그렇게 나는 자신을 속이며 살았다. 아니, 속이고 있다는 의식조차 없었다.

내 멋대로 그렇게 해왔다. 그러지 않으면 살 수 없었을지도 모른다.

그 거짓말의 세계가 지금, 소리도 없이 허물어졌다. 무너져선 안 되는 현실이, 무너져 내렸다.

어디를 얼마나 달렸는지 모른다.

사람들의 시선에서 도망치듯이 달리던 나는 어느새 황량한 공원에 다다랐다.

숨이 가쁘다. 그제야 땀이 줄줄 흘렀다.

찝찝해서 손등으로 땀을 닦아냈다. 찝찝한 건 땀의 감촉이 아니다.

땀은 살아 있다는 증거니까. 살고 있다는 증거니까.

미나세가 없는데도 나는, 슬플 정도로 어쩌지 못하고

살아가고 있다.

숨을 고르고 있는데 누군가가 내 이름을 불렀다. 그건 분명 다른 사람에게는 들릴 리 없는 목소리였다.

돌아보니 시선 끝에 미나세가 있었다.

그 모습을 보자 가슴이 옥죄어 들었다. 진실을 알게 된 탓일까. 같은 시간을 살고 있는 미나세는 이제 없다는 걸, 내 의식이 알아차렸기 때문일까.

미나세는 내가 잘 알고 있는 중학교 때의 모습으로 나타났다. 눈에 익숙한 교복을 입고 있었다.

"히구치가 걱정돼서……, 그만 와버렸어."

미나세가 다정하게 웃어주자 내 안에서 침묵이 퍼져나갔다.

나의 무의식은 왜 상상 친구를 이 자리에 불러낸 걸까.

그녀의 입으로 직접 미나세의 죽음을 전함으로써 이 현실을 인정하게 하려는 걸까.

내게로 다가오는 미나세를 아무 말 없이 바라보았다.

아니……. 상상 친구인 미나세는 내게 이별을 말하러 온 것이다.

나는 또 잃고 마는 걸까. 이렇게 계속 잃어가는 것일까.

"어째서……. 어째서 넌, 죽은 거야!"

그제야 비로소 나는 말로 꺼내어 미나세의 죽음을 인정했다.

그런 표정을 짓게 하려던 건 아닌데. 미나세가 슬픈 표정을 지었다.

미나세야말로 죽고 싶어서 죽은 게 아니다.

잘 알고 있으면서, 흐르는 눈물이 멈추질 않았다.

"나는……. 나는 너랑 살아가고 싶었어. 소소한 일들을 더 많이 함께하고 싶었어. 즐거운 일, 별것 아닌 일로 웃으면서 둘이 여러 장소에 가고 싶었어. 그리고……. 네가 어릴 때 손에 넣지 못한 것들을 둘이서 되찾고 싶었어. 너에게 전부 해주고 싶었어. 네게 모든 걸……, 되찾아주고 싶었어."

미나세에게는 편히 마음 붙일 가족이라는 안식처가 없었다. 거기에서 오는 슬픔을 짊어지고 살아가고 있었다.

그렇다면 나는 평범하게 살아가는 평범한 인간으로서, 미나세에게 평범한 것들을 해주고 싶었다. 지루할 정도로 평범하고 흔하디흔한, 그래도 가치가 있는 것들을.

흔하다고 해서 가치가 없는 건 절대로 아니다.

모두가 갈망하고 추구한 결과 흔한 것처럼 보일 뿐이다.

"그렇게 해서 너의 과거도 다른 의미로 바꿔줄 생각이

었어. 우리 둘이라면 분명 그렇게 할 수 있었어. 때로는 다투기도 하고 서로 엇갈리기도 하겠지만 그렇더라도…….”

“히구치…….”

“연애 감정이 계속되지 않을 수도 있어. 하지만 그건 다른 형태가 되는 거야. 따뜻하고 온화해서 안심하고 지낼 수 있는 그런 형태로. 그게 우리를 지탱해 줄 거고. 그래서 쭉 함께 있을 수 있는 거지. 그렇게 되고 싶었어. 그렇게 될 거였어. 그런데…….”

미나세가 살아 있을 때 나는 이런 마음을 전하지 못했다.

미나세는 잠시 고개를 숙였다가 다시 얼굴을 들더니 환히 웃었다.

“기뻐. 너도 그런 생각을 하고 있었다니, 몰랐어.”

어여쁜 얼굴을 보고 싶지 않았다.

“둘이 그렇게 될 수 있었다면 얼마나 좋았을까. 나는 히구치랑 가족을 만들고 싶었어. 새로운 것을 둘이서 만들어 가고 싶었어.”

그런 감동적인 말을 듣고 싶지 않았다.

왜냐하면, 왜냐하면…….

그 어느 것도 진짜 미나세가 하는 말이 아니니까.

상상 친구는 결국, 내 무의식이 만들어낸 것이다. 미나세의 모습을 하고 있어도 그건 미나세의 말이 아니다.

스스로 나 자신을 위로하고 있는 것이나 다름없다. 분하고 비참해서 눈물이 흘러내렸다.

그러자 미나세가 걱정스러운 목소리로 물었다.

"왜 그래, 히구치?"

"……미안. 이제 그만해 줘."

"응?"

"네가 하는 그런 말도 결국은 내가 만들어낸 거야. 진짜 네 말이 아니야. 내가 멋대로 말하게 하는 거지. 넌……, 내 상상 친구니까."

놀란 표정을 짓는 미나세에게 나는 더듬거리며 내 마음을 이야기했다.

상상 친구로 나타나 주어서 기뻤다는 것 그리고 동시에 괴로웠다는 것.

왜 미나세의 모습으로 나타났는지 줄곧 생각했다는 것.

"그게 미나세의 죽음과 마주하게 하려는 것이라고는 생각하지 못했어. 그런 현실이라면 나는 마주하고 싶지 않았거든. 네가 어딘가에서 계속 잠을 자고 있을지 모른다는 거짓 세계에서……, 계속 살아가고 싶었어."

미나세는 아무 말 없이 내 나약한 속내를 들었다. 왜냐

274

하면 그런 존재니까.

내가 다시 앞으로 나아갈 수 있도록, 자신의 문제를 해결할 수 있도록 하려고 나타난 존재⋯⋯.

"히구치, 보기 흉하니까 어서 눈물 닦아."

그런 존재가 신랄한 말을 던져서 놀랐다.

무심코 시선을 들자 미나세가 눈을 내리깔고 미안해하는 표정을 지었다.

"하지만 히구치는 그렇게⋯⋯, 괴로웠던 거지? 지금까지 쭉."

나는 아무 말도 하지 못했다. 괴롭다고 해서 도망쳐도 되는 건 아니다.

그런 내게 미나세가 말했다.

"히구치, 잘 들어⋯⋯. 나는 이미 이 세상에 없어. 하지만 이것만은 믿어줘. 내 말은 내가 하는 거야. 너의 좋은 점을 많이 알고 있는, 나만의 말."

미나세가 무슨 말을 하려는 건지 나는 전혀 이해가 되질 않았다.

미나세가 말한 대로 눈물을 닦으면서 의아한 마음으로 그 애를 바라보았다.

뭘까, 무슨 일이지. 미나세는 내게 무얼 전하려는 걸까.

물어보듯 쳐다보자 미나세가 미소를 띠었다.

코웃음 치는 것이 아니라 온화하고 부드러운 미소였다. 진짜 미나세와 똑같다.

언제부터인가 미나세는 그렇게 다정하게 웃어주곤 했다.

그 애는 그런 다정다감한 표정으로 주위를 둘러보았다.

"공원이구나……. 옛날 생각난다. 기억해? 여기는 아니지만 옛날에 둘이서 공원에 묻은 거 있잖아."

"그거."

초등학교 6학년 때 땅에 묻은 타임캡슐을 말하는 거겠지. 졸업 전에 반에서 타임캡슐을 묻자는 이야기가 나왔으나 학교에서 허가해 주지 않아 무산되었다.

그래서 미나세와 나는 둘이서 타임캡슐을 공원에 묻기로 했다. 지금도 생각난다. 쿨한 미나세로서는 드물게 들떠 있었다.

상상 친구인 미나세는 왜 지금 그 얘기를 꺼내는 걸까.

"내 말이, 나만의 것이라는 증거야. 부끄럽지만 그걸 꺼내봐. 그 안에 내가 쓴 편지가 들어 있으니까. 그건 히구치도 몰랐던 사실이잖아."

미나세는 그 말을 남기고 사라졌다.

어찌할 바를 몰라 당황하면서 다시 눈물을 닦았다.

모르는 게 너무 많았다. 오늘 만난 미나세는 여느 때와 약간 달랐다.

하지만 상상 친구는 내게 필요한 것을 알려주는 존재다.

버스와 전철을 갈아타고 동네로 돌아왔다. 집 근처에 있는 작은 공원으로 향했다.

한적한 곳이라 일요일에도 사람이 보이지 않았다. 캡슐을 묻어둔 장소를 찾았다.

위치를 잊지 않으려고 주변을 찍어둔 사진이 스마트폰에 아직 보관돼 있었다. 사진을 확인하려고 스마트폰을 꺼내자 화면에 여러 건의 착신 기록이 남아 있었다.

전부 아리마에게서 온 것이었다. 병원에 갈 거라 생각해 스마트폰을 매너 모드로 설정해 놓아서 전화가 온 줄도 몰랐다.

화면을 바라보고 있는데 전화가 걸려왔다.

"……네."

"아, 히구치? 아아, 연결돼서 다행이야. 무사했구나. 지금 어디야?"

"공원."

"공원이라니, 어느 공원?"

"집 근처……."

거기까지 말하긴 했지만 지금은 혼자 있고 싶었다.

미안, 하고는 전화를 끊었다.

스마트폰에는 사진이 제대로 잘 남아 있었다.

그 사진을 보니 타임캡슐 묻어둔 곳을 짐작할 수 있었다. 근처 모래밭에 낡은 어린이용 삽이 굴러다니기에 집어 들고는 땅을 팠다.

생각해 보니 옛날에도 이렇게 내가 혼자 땅을 팠다.

상상 친구인 미나세는 대체 나한테 무얼 알려주려 한 걸까.

기억을 캐내듯이 손을 움직이는 동안 서서히 석양이 주위를 비추기 시작했다.

그렇게까지 깊게 묻지는 않았을 것이다. 장소만 맞는다면 분명 이 정도⋯⋯.

"있다!"

가까스로 어두워지기 전에 타임캡슐을 찾아낼 수 있었다. 놀이공원의 로고가 박힌 쿠키 통을 타임캡슐로 사용했었지. 그 통을 땅속에서 꺼냈다.

초등학교 5학년 때 미나세와 놀이공원에 가서 내가 기념으로 산 것이다.

손을 닦고 벤치에 앉아 어렵사리 뚜껑을 열었다.

물기에 젖지 않도록 투명한 봉지 안에 두 통의 편지가 들어 있었다.

봉지 한쪽을 손에 쥐고 열었더니 초등학생이던 내가 쓴 글이 나타났다. 뭐라고 썼는지 전혀 기억나지 않았으나 첫머리에 '스무 살이 된 나에게'라고 적혀 있었다.

스무 살이 된 나는 무얼 하고 있습니까?

그런 질문이 쓰여 있었다.

현재의 상황과 부모님의 안부를 물은 뒤 미나세에 관해 썼다.

미나세와는 사이좋게 잘 지내고 있습니까? 싸우더라도 꼭 사과하세요. 미나세가 있으면 나는 아무 걱정 없으니까. 미나세와 계속 함께 지내야 해요. 만약 지금, 뭔가 이유가 있어 미나세가 곁에 없다면 가서 사과하세요. 미나세는 외로움을 잘 타고 화를 잘 내지만 정이 많은 아이니까 사과하면 받아줄 겁니다. 그리고 언제까지나 미나세와 함께 있어 주세요. 잊지 마세요. 내게 가장 소중한 건 미나세와 같이 있는 거니까.

당시의 나는 미나세가 곁에 없다는 걸 상상도 하지 못했을 것이다.

설령 어떤 이유로 타임캡슐을 혼자 꺼내게 된다 해도 미나세는 어딘가에 있을 거라고 천진하게 믿었다.

쏟아질 것 같은 눈물을 참으면서 마음을 진정시키고 다른 한 통의 편지를 집어 들었다.

미나세의 편지는 두 장이나 되었다.

편지를 펼치자 낯익은 미나세의 글씨가 시야에 나타났다. 내 편지와는 달리 미래의 자신에게 보내는 인사는 없었다. 그 대신에 뭔가가 항목별로 쭉 나열되어 있었다.

- 우유부단
- 하지만 자상함
- 겁쟁이
- 하지만 상대를 배려해 준다
- 평범
- 그래서 잘난 척하지 않는다

그 외에도 여러 가지 항목이 한 페이지 가득 적혀 있었다.
의도를 바로 이해하지 못했지만 읽어나가면서 느껴지

는 바가 있었다.

'내 말은 내가 하는 거야. 너의 좋은 점을 많이 알고 있는, 나만의 말.'

아까 미나세가 한 말이 머릿속을 스쳤다.

항목별로 빼곡히 적혀 있는 글의 해답은, 두 번째 페이지에 쓰여 있었다.

만약 히구치와 싸운다면 그 애의 좋은 점을 떠올려봐. 나는 어른이 되어도 솔직하지 못하겠지만 그래도 히구치의 좋은 점을 떠올리고 꼭 화해해야 해. 히구치의 곁에 있는 게 나의 가장 큰 행복이니까. 부디 어른이 되어서도 두 사람이 함께할 수 있기를. 쭉 행복하게 지낼 수 있기를.

주의: 죽어도 히구치에게는 이 편지를 보여주지 말 것.

미나세가 쓴 글을 보면서 나는 꼼짝도 할 수 없었다. 그저 마음속 깊은 곳에서 무언가가 울컥하고 솟구쳐 오를 뿐이었다. 마지막 문장에 나도 모르게 시선이 머물렀다.

'죽어도 히구치에게는 이 편지를 보여주지 말 것.'

미나세는 이 말을 농담으로 쓴 걸까. 부끄러우니까 내

게 보여주지 말라고.

그런데 지금 나는 편지를 읽고 있다. 미나세가 죽은 세계에서, 죽어도 미나세가 보여주지 말라는 편지를 손에 들고 있다.

모든 비극이 우리를 덮쳤다. 있을 수 없는 일이 일어나고 말았다. 편지를 가만히 끌어안았다. 마치 미나세라도 되는 것처럼.

"히구치······."

그렇게 있는데 울고 싶어질 정도로 그리운 기척이 느껴졌다.

시선을 돌리자 그 끝에 미나세가 있었다. 중학교 때의 모습을 한 그녀가.

나는 벤치에서 일어나 그녀에게 다가갔다. 뺨을 만지려고 했다.

만질 수가 없다. 진짜 미나세는 이미, 이 세계의 어디에도 없으니까.

"내 말이 나만의 것이라고 한 의미를, 알겠어?"

나는 이제 아무것도 알 수가 없었다.

눈앞에 있는 그녀가 누구인지를.

상상 친구인가, 아니면······.

미나세를 안심시키려고 고개를 끄덕이자 그녀는 조용히 미소를 머금었다. 아니, 미소를 띠기만 한 게 아니다.

"히구치, 울지 마."

그녀는 이 세계에 혼자 남은 나를 걱정해 주었다.

미나세의 말에 나는 억지로 웃음을 지어 보였다. 설령 어떤 존재이든 미나세의 모습을 한 그녀를 슬프게 하고 싶지 않아서.

나는 괜찮으니까. 아무렇지도 않으니까.

사실은 그런 말을 하고 싶었지만 눈물이 끊임없이 흘러내렸다.

"히구치, 미안해. 계속 같이 있어 주지 못해서……, 미안."

"괜찮아. 네가 미안해할 일이 아니야."

"나는 이제 이 세계에는 없어."

"응."

"그래도 히구치의 인생은 계속되는 거야. 누군가와 사랑을 하고 결혼해서 가정을 만들고……. 그렇게 남들처럼 살아가는 거야."

미나세가 내게 손을 내밀었다.

하지만 그 손은 나를 그대로 지나쳐갔다. 내게 닿지 않았다.

"히구치……, 행복해야 해."

미나세는 그 말을 남기고 또다시 내 앞에서 모습을 감췄다.

나야말로 그녀를 행복하게 해주고 싶었다. 그렇게 해서 나도 행복해지고 싶었다.

어른이 되고 힘이 생기면 모든 것을 그녀와 함께 새로 만들고 싶었다.

하지만 이 세계 그 어디에도 미나세는 없다. 이것이 현실 세계였다.

그리고 그런 세계에서도 내가 남들처럼 살아가기를, 그녀는 원하고 있다.

나는 그녀가 없는 세계에서 크게 숨을 내쉬고, 마지막으로 울었다.

미나세가 부디 편안히 잠들 수 있기를.

그녀가 부디 천국에서, 친부모님과 재회하기를.

자상한 그녀가 부디 그곳에서 웃으며 지내기를.

그렇게 소망하며 혼자, 눈물을 흘렸다.

미나세의 죽음을 인정하고, 비로소 마음을 다해 그녀의 명복을 빌었다.

네가 없는 세계

예전에 어떤 시에서 살아가는 건 상처받는 일이라는 문
장을 읽은 적이 있다.

살아 있는 한 상처받지 않을 수는 없다. 사람은 상처를
짊어지고 살아간다.

나는 아마도 상처받는 데 저항하고 있었던 것 같다.

누구나 상처받고 싶지 않을뿐더러 고통에서는 눈을 돌
리고 싶다.

그건 어쩌면 진리일지도 모른다.

하지만 당연히 상처를 피할 수 없는 상황이 온다. 나는
거기서 도망쳤다.

살아간다는 건 슬픈 일이다. 상처와 상실을 피할 수 없
으니까.

그래도 살아 있는 한, 살아가고자 마음먹었다. 잃고 상처받는 일만 있는 건 아니다. 얻을 수 있는 것도 분명 존재한다.

미나세가 죽었다 해서 그녀를 사랑하는 마음까지 잃을 필요는 없다.

이 또한 너무 당연한 일이었다. 나는 그걸 깨닫는 데 시간이 너무 오래 걸렸다.

그리고 미나세의 죽음으로 상처받은 사람은 나뿐만이 아니었다.

＊＊＊

공원에 홀로 남겨진 내가 눈물을 흘리고 있는데 출입구 쪽에서 소리가 들려왔다.

이런 곳에서 울고 있는 모습을 들킨다면 수상쩍게 여겨질지도 모른다.

출입구 반대쪽으로 얼굴을 돌려 눈물을 닦고 나자 누군가 달려오는 기척이 느껴졌다.

"히구치!"

시선을 등 뒤로 돌렸다. 그 누군가는 바로 아리마였다.

아리마가 내 앞에서 멈춰 섰다. 떨고 있었다. 그러고는 어느 순간, 고개를 깊이 숙였다.

"나…… 정말 미안해. 정말로, 정말로……. 미안해."

내게 사과했지만 아리마는 아무 잘못도 없다. 그녀는 내게 진실을 알려주었다.

아리마가 아니었다면 나는 지금도 미나세의 죽음에서 계속 도망치고 있을 것이다.

객관적으로 보면 우리는 가해자의 딸과 피해자의 연인 이라는 관계다.

하지만 아리마도, 아리마의 아버지도 원망하지 않는다.

모두 필사적으로 살아가고 있을 뿐이다.

미나세도 분명 원망 같은 거 하지 않을 것이다. 미나세를 잘 아는 내가 보증한다.

"아리마, 고마워. 네 덕분에 겨우 현실과 마주할 수 있었어."

감사의 말을 전하자 아리마가 고개를 들었다. 묘지 앞에서 도망쳐 나온 내가 지금은 침착해져 있어서 놀랐을 것이다. 가만히 나를 바라보았다.

"오늘 일뿐만이 아니야. 애써 날 찾아줘서, 고마워. 상냥하고 친근하게 대해줘서, 고마워."

그러자 아리마는 표정을 살짝 일그러뜨리며 고개를 숙였다.

"나……, 그렇지 않아. 네가 고마워할 일, 한 거 없어."

"그렇지 않아."

"나는 히구치와 미나세에게 사과해야만 해. 내가 아버지와 만날 약속을 하지 않았더라면, 만나는 걸 거절했더라면……. 그런 일은 일어나지 않았을 테니까."

"아리마."

"나, 나……. 아, 아흐, 흐흐흑."

아리마는 무슨 일이 있어도 늘 내 앞에서 밝게 행동했다. 하지만 나는 이제야, 그 누구보다 더 괴로웠던 건 그녀일지도 모른다는 생각을 한다.

가만히 다가가 흐느껴 우는 아리마에게 가슴을 빌려주었다.

노을빛으로 물든 공원에서 그녀는 끝없이 울었다. 지금까지의 길고 긴 괴로움을 토해내듯이.

"그만 봐."

아리마가 울음을 그치기를 기다렸다가 둘이서 벤치에 나란히 앉았다. 약간 신경이 쓰여서 고개를 돌려 쳐다보자 아리마가 부끄러운 듯 입을 삐죽 내밀었다.

"나도 우는 모습 다 보였는데 뭐 어때."

"여자는 울면 화장한 게 엉망이 된다고."

"아리마, 화장해?"

"히구치. 나 고등학생이거든. 여자는 누구나 화장 정도
는 할 줄 안다고."

"그런가. 미나세는 어땠더라?"

"……미나세는 화장 안 해도 예쁘던데."

미나세의 이름을 입 밖에 낼 때마다 우리는 여전히 상
처받는다. 그래도 미나세를 화제로 올리고 있는 지금 상황
이 놀랍기만 하다.

"하긴 그래"라고 수긍하자 "그렇다니까" 하고 아리마가
맞받았다.

그러고 나서 우리는 미나세의 일이며 지금까지 겪어온
일들을 숨김없이 이야기했다.

아리마가 사람들 앞에서 음식을 먹지 않았던 이유며 스
마트폰을 사용하지 않은 이유도 알게 되었다.

서로 하고 싶은 말이 잔뜩 있었다. 아리마에게 고맙다
는 말도 한참 더 해야 한다.

다만 어두워지기 시작했기에 오늘은 그만 헤어지기로

했다. 나는 아리마를 역까지 배웅했다.

"히구치, 저기…….오늘은 여러 가지로 고마웠어. 내일 봐."

오늘 하루 동안 정말로 많은 일이 있었다. 나는 아리마의 정체를 포함해 수많은 진실을 알았다.

하지만 헤어질 때는 서로 웃을 수 있었다. 그리고…….

개찰구를 빠져나가기 전에 아리마는 어딘가 수줍은 듯이 말했다.

내일 봐, 라고.

별것 아닌 인사지만 일상의 희망과 이어져 있는 말이라는 걸 새삼 느꼈다.

내일 또 봐. 내일 또, 보고 싶어. 내일 또, 웃으며 만나자.

살아 있는 한, 내일은 온다. 미나세에게는 더는……., 없는 내일.

우리도 언젠가 내일을 잃게 되는 날이 오겠지. 하지만 그때까지는…….

나는 어린아이처럼 활기차게 아리마의 인사를 받아주고 싶었다.

"나야말로, 오늘 정말 고마웠어. 내일 봐, 아리마."

아리마와 헤어지고 나서 타임캡슐을 들고 집으로 가는 길을 혼자 걸었다. 머릿속에서 아직 형태를 갖추지 않은 여러 가지 생각이 돌아다니고 있었다.

나는 어쩌면 오늘을 계기로 달라질 수 있을지도 모른다.

아니, 바뀌어야만 한다는 생각이 들었다. 이 기회를 그냥 놓쳐서는 안 된다.

그러지 않으면 나는 가슴을 펴고 미나세의 얼굴을 마주할 수 없다.

집에 돌아왔을 때는 저녁 시간이 되어 있었다.

타임캡슐을 현관에 놓아두었다. 망설인 끝에 큰맘 먹고 부엌에 얼굴을 내밀었다.

"저기……, 다녀왔어요."

식사 준비를 하던 어머니에게 인사를 건넸다. 확실히 어머니는 깜짝 놀란 눈치였다.

상처받고 아프다는 이유로 마음의 문을 닫아걸고서 지금까지 나는 부모님에게 인사조차 하지 않았다. 하지만 오늘, 소소한 일이라도 좋으니 뭔가를 바꾸고 싶었다. 달라지고 싶었다.

"……어, 어서 오렴."

"오늘 저녁은 뭐예요?"

"생선구이랑 고기감자조림인데."

"맛있겠다. 뭐 도와드릴 일은 없고?"

"으흠, 그럼."

어머니는 여전히 놀란 눈을 하고서 살포시 웃었다.

"금방 준비 다 되니까 손 씻고 와. 그리고……, 아버지를 불러주겠니? 방에 계셔."

나는 고개를 끄덕였다. 세면대에서 손을 닦고 아버지를 부르러 갔다.

약간 긴장이 되었다. 그래도 도망치지 않겠다. 아무리 사소한 일이라도 좋으니 더 이상은.

"아버지……, 계세요?"

방문을 노크하자 쿠당탕 물건 부딪히는 소리가 들렸다. 당황한 표정을 한 아버지가 황급히 방에서 나왔다.

"유!? 무슨 일이냐? 나를 다 부르고, 대체 이게……."

"아, 아뇨……. 저녁 드시라고, 엄마가 아버지 불러오래서요."

"저녁?"

아버지는 놀라서 어안이 벙벙해져 있었다.

이런 일상적인 말을 전하기 위해 내가 노크했다고는 생각도 하지 못한 모양이다.

"그럼……, 가방 좀 방에 놓고 곧 갈게요. 전 분명 전달했어요."

"어, 어어. 그래."

자리를 떠나면서 나도 모르게 허탈한 웃음이 새어 나왔다. 부모님이 저런 반응을 보일 정도로 지금까지의 나는 평범하지 못했던 거다.

저녁을 먹으면서 부모님과 조금 이야기를 나눴다.

그때 어머니의 입에서 아리마의 이름이 나와, 이번에는 내가 놀랐다.

오늘 아리마에게서 전화가 왔다고 했다. 내가 미나세의 묘지 앞에서 사라져 찾고 있는데 어디로 갔는지 짚이는 데가 없으시냐고.

"실은 네 아버지랑 나는 아리마를 몇 번 만났단다. 연락처도 교환했고."

"그랬, 어요? 언제부터?"

"아리마가 너희 학교로 전학 오고 나서, 평일에 정중하게 인사를 하러 왔더구나. 첫날에는 아버지가 안 계셨지만, 미나세의 사고에 관해서도 이야기했어."

우리 집에 인사하러 온 아리마는 어머니에게 머리를 조아리며 사과했다고 한다.

자신과 자신의 아버지 탓에 사고가 일어나, 내 마음에 상처를 주었다고.

당연하지만 우리 부모님도 아리마가 잘못했다고는 생각하지 않는다. 아리마랑 이야기를 나누면서 아리마의 인성을 알게 되어 신뢰할 수 있는 사람이라고 판단하셨던 모양이다.

아리마는 그동안 전학 관련 일 말고도 이렇게 여러 사람을 만나 대화를 나누느라 때때로 학교에 오지 못했던 것이다. 미나세의 묘지 위치를 알고 있는 것도 그렇고…….

아리마. 너는 이제 괴로워하지 않아도 돼.

저녁을 먹고 내 방으로 돌아와 아리마에게 메시지를 보내려 했다.

전화번호는 알고 있다. 문자라면 보낼 수 있다.

다만 스마트폰이 두렵다는 아리마에게 부담을 주고 싶지 않았다. 직접 말로 전해야 한다. 그렇게 결정하고서 목욕을 하고 9시도 되지 않은 시간에 일찌감치 침대에 누웠다.

오랜만에 좋은 꿈을 꿀 수 있을 것 같았다.

푹 자고 나서 다음 날 아침 일찍 눈을 떴다.

이런 적이 없었을 정도로 머리가 개운했다. 커튼 너머로 햇살을 바라보았다.

예감은 맞아떨어졌다. 정말로 오랜만에 좋은 꿈을 꾸었다. 미나세가 나오는 꿈이었다.

꿈속에서 미나세와 나는 초등학생이었다. 둘이 어딘가로 놀러 갔다가 돌아오는 길에 공원에서 타임캡슐을 파냈다. 아마 어제의 일이 영향을 미친 모양이었다.

지금까지 미나세를 꿈에서 본 적은 없었다.

꿈은 기억의 정리라고 어디선가 읽은 적이 있다. 지금까지 미나세가 꿈에 나오지 않은 건, 내 마음속에서 그녀에 대한 기억이 정리되지 않았던 탓일지도 모른다. 그랬던 것이 지금은……

꿈을 되새기다 보니 자꾸만 떠오르는 일이 있었다.

초등학교 6학년 때, 타임캡슐을 묻을 구멍을 파는 일은 내 역할이었다.

내가 구멍을 파는 동안 미나세는 근처에서 뭔가를 하고 있었다. 마찬가지로 땅을 파고 있었던 것 같다. 내가 미나세를 쳐다보자 당황해서는 화를 냈다.

그때 미나세는 뭘 하고 있었을까.

아침을 먹고 학교 갈 준비를 마치고선 평소보다 일찍 집을 나섰다. 어머니에게 원예용 소형 삽을 빌려 가방에 넣고 어제 갔던 공원으로 향했다.

기억을 더듬어 타임캡슐이 묻혀 있던 근처를 파보았다.

"아⋯⋯."

다소 시간은 걸렸지만 본 적이 있는 물건을 찾아냈다.

회전목마 모양을 본떠 만든 통이었다. 분명 여러 가지 과자가 들어 있던 것으로, 초등학생 때 미나세가 놀이공원에서 기념으로 샀던 기억이 났다. 미나세는 그 통을 소중히 여겼다.

안을 들여다보고 싶었지만 이제 학교로 가야 할 시간이었다.

통에 묻은 흙을 털어내고 가방에 넣은 뒤 서둘러 역까지 달려갔다.

"지각할 뻔했네? 못 오는 건가 하고 걱정했어."

교실로 들어가 자리에 앉았다. 옆자리에는 아리마가 있었다.

예전에는 반 아이들이 못 본 척하는 아리마와 이야기하면서 공연히 주목받고 싶지 않은 마음이 있었다. 하지만 지금은 전혀 그럴 마음이 들지 않았다.

"네가 '내일 봐'라고 했으니까. 오지 않을 리가 없잖아."

어제 일은 잊어버리기라도 한 듯이 심각한 이야기는 하지 않았다. 단지 웃는 얼굴로 대했다.

그것으로 좋다. 두 사람 모두 충분히 고민했고 그 결과, 지금 웃을 수 있으니까.

"그런가. 그럼 매일 '내일 봐' 하고 인사할게."

"왠지 초딩 같아."

"뭐 어때, 좋은 게 좋은 거지. 아 맞다. 다음에 또 같이 학교 땡땡이치자."

"별걸 다 같이 하자네."

"나도 오늘부터 사복 갖고 다닐 거니까. 언제든지 땡땡이칠 수 있어."

"사복이라니……. 아하, 그 미소녀 캐릭터 티셔츠? 넌 사복 취향이 참 독특해."

"그거, 아니거든. 애초에 그런 거 안 입는다고. 누구 맘대로 사복이래!"

우리가 나누는 대화가 귀에 거슬렸는지 누군가 혀를 차는 소리가 들려왔다.

아리마도 나도 그 소리에 전혀 개의치 않았다. 이제 당당하게 교실에서 이야기할 생각이다.

오전에는 착실하게 수업을 듣고 점심시간에 아리마와 옥상으로 향했다.

내가 편의점에서 사 온 빵을 먹기 시작하자 아리마가

"그거, 한 입만 줘"라고 말했다.

아리마가 식사 공포증을 겪고 있다는 얘기는 어제 공원에서 들었다. 그런 증상이 있다는 것조차 몰랐지만 아리마의 마음은 줄곧 무언가에 시달려 왔던 거겠지.

"주는 건 좋은데……. 그렇지만 괜찮겠어? 남 앞에서 먹는 거 힘들어하잖아."

"괜찮지 않을지도 몰라."

"그럼 무리하지 마."

"이제 숨어서 혼자 도시락 먹고 싶지 않아서. 나도 달라지고 싶어. 그러니까."

과장일지 몰라도 음식물을 먹는다는 건 살아가는 일이다. 그 살아가는 일에 대해 아리마가 어떤 중압감을 느끼고 있었는지는 짐작할 수도 없다.

유일하게 알고 있는 건, 마치 잘 안다는 듯이 쉽게 짐작해서는 안 된다는 사실이다.

빵을 건네주자 아리마는 잠시 망설이다가 과감하게 입으로 가져갔다.

나를 한번 보더니 시간을 들여 씹었다. 이윽고 꿀꺽 삼켰다.

남 앞에서 식사하는 데 성공한 아리마가 나를 보며 웃

었다.

마주 웃어주려다가……, 나는 말을 잃었다.

"나……. 살아도, 되는 걸까."

아리마의 눈동자에서 눈물이 흘러내리고 있었다. "어라?" 하더니 당황하기 시작했다.

왜 우는지, 스스로도 놀란 눈치였다.

"미안, 나……. 울리던 건 아닌데."

"괜찮아. 이해해. 게다가……, 살아도 되냐니, 당연하지. 아리마는 이제 더 이상 괴로워하지 않아도 돼. 당당히 살아도 돼."

메시지로 전하지 못했던 말을, 나는 아리마의 눈을 보며 했다.

아리마의 뺨에 흘러내리는 눈물을 인정하고 손수건을 내밀었다.

"이런 오글거리는 짓 좀 하지 말라고."

훌쩍이던 아리마가 중얼거리더니 웃음을 보이며 손수건을 받아 들었다.

머리 위 하늘이 푸르고 맑았다. 여름이 다가오고 있음을 알리는 햇살이 쏟아지고 있었다.

아리마와 나는 옥상에서 함께 웃었다. 우리는 더 이상

혼자가 아니었다.

　오후에도 여전히 우리는 교실에서 없는 사람 취급을 받으며 수업을 들었다.

　월요일은 7교시까지 있는 날이었지만 수업에 집중하다 보니 어느새 방과 후가 되었다. 반 아이들은 동아리 활동을 하거나 집으로 돌아가기 위해 하나둘 교실을 빠져나갔다.

　"히구치, 오늘 수업 끝나고 어떻게 할 거야?"

　교실에 남아 있는데 아리마가 물었다.

　"미안. 오늘은 혼자 하고 싶은 일이 있어."

　"그거 설마……. 나한테 서프라이즈해 주려고 준비하는 거야?"

　"아니, 아니야. 근데 무슨 서프라이즈?"

　아리마와 이야기하는 동안에도 아이들이 잇달아 교실을 나갔다.

　아이들이 전부 나간 것을 확인하고 나는 약간 심각한 이야기를 했다.

　"사실은 미나세와 얘기하고 싶은 게 있어서."

　"미나세라니……. 상상 친구?"

"뭐, 그렇지. 아무래도 꼭 전해야 할 말이 있어. 나한테 중요한 일이라서."

"그렇구나."

아리마는 그렇게 대답하더니 한동안 뭔가를 골똘히 생각했다. 그러더니 금세 웃는 얼굴을 보였다.

"있잖아, 히구치."

"응, 왜?"

"우리는 이제 시작이야. 앞으로 많은 걸 시도해 보자고. 우리, 드디어 인생의 출발선에 선 것 같으니까."

아직 완전히 떨쳐버리지는 못했겠지만, 아리마는 자기 나름대로 새롭게 살아가려 하고 있었다. 나는 그런 아리마에게 고개를 끄덕여 보였다.

"응, 그렇지."

"나, 아빠를 만나기로 결심했어. 부모님이 뭐라고 하시든……. 한 번 더 아빠를 만날 거야. 변호사와도 상담해 보려고."

"혹시 도움이 필요하면 뭐든지 말해. 반드시 힘이 되어 줄 테니까."

"고마워, 든든해. 그럼 히구치. 내일 봐."

"내일 보자."

아리마는 밝게 인사하고 단호한 눈빛으로 앞을 보며 교실을 나갔다.

그녀는 이제 괜찮을 것이다. 아리마의 뒷모습을 바라보면서 그런 생각이 들었다.

그녀는 반드시 앞으로 자신의 인생을 살아갈 것이다. 가해자 가족이 아니라, 아리마 호노카라는 한 사람으로서.

나도 노력하자고 마음을 다졌다. 그동안 소홀히 했던 공부를 만회하기 위해 교과서를 펼쳤다.

이제 교실에는 아무도 없다. 나는 혼자가 되었다.

설령 미나세가 오늘 나타나지 않더라도 내일, 모레, 계속 기다릴 생각이었다. 어쩌면 이제 내 눈앞에 나타나는 일은 없을지도 모른다. 그래도……

노트에 계속해서 펜을 놀리고 있는데 한 시간쯤 지났을 무렵 하늘의 빛깔이 바뀌었다.

석양이 얼굴을 내밀자 학교는 독특한 적막에 휩싸였다.

몸을 쭉 펴고 잠시 휴식을 취했다. 그때 문득 오늘 아침에 꺼내 온 작은 과자 통이 생각났다.

그러고 보니 안에는 뭐가 들어 있을까.

마음대로 보기가 망설여졌지만 확인할 수 있는 사람은 나밖에 없다.

가방에서 통을 꺼내 뚜껑을 열었다. 역시 물에 젖지 않도록 투명한 봉지 안에 자질구레한 물건들이 들어 있었다.

딸기 모양 지우개, 머리핀, 예쁜 돌.

미나세의 보물인 걸까.

그 밖에도 작게 접힌 종이가 두 장 들어 있었다.

한 장을 집어 들어 펴고는 내용을 확인했다. 아무래도 짧은 편지 같았다.

꿈을 이룬 나에게. 축하해. 이 종이를 펼쳤다는 건, 그런 거지? 내 가장 소중한 보물은 아쉽게도 사용하지 못하지만 빨리 히구치에게 보여줘. 어떤 얼굴을 할까? 앞으로도 두 사람, 잘 지내. 정말 축하해.

초등학생 미나세의 글씨체로 그런 글이 쓰여 있었다.

꿈? 가장 소중한 보물? 무슨 뜻이지? 또 다른 종이와 관계가 있을까 싶어 시선을 돌렸다.

그때 익숙한 기척을 느꼈다. 재촉당하기라도 한 듯 얼굴을 들었다.

눈앞에는 그녀가 있었다.

미나세 린의 모습을 한, 그녀가.

오늘도 그녀는 중학교 때의 교복을 입고 있었다. 정말로 이렇게 다시 만날 수 있으리라고는 생각하지 못했다. 기쁜 나머지 내가 먼저 말을 꺼냈다.

"또 나타나 줘서 고마워. 실은 너를 기다리고 있었어."

"어, 나를?"

당황했는지 그녀가 살짝 눈썹을 치켜세웠다.

"응, 너를."

"기다렸다니……. 왜?"

"너한테 꼭 전해주고 싶은 게 있어서."

어제 내 앞에 나타난, 중학교 시절의 모습을 한 미나세.

그녀가 누구였는지를, 나는 줄곧 생각했다. 답은 쉽게 나오지 않았지만 그래도 확실히 말할 수 있는 건, 나는 그녀에게 감사의 말을 전해야 한다는 사실이었다.

"정말로 고마워. 나는 네 덕분에 현실을 직시할 수 있었어. 이렇게 한 번 더 만나서 너무 기뻐. 그런데, 그……."

감사의 말을 전한 뒤, 나는 망설이다 물었다.

"너는 진짜 미나세야?"

말을 꺼내자마자, 아니 그 전부터 내 심장은 요란하게

두방망이질 치고 있었다.

그녀는 내가 모르는 것을 알고 있었다. 자신의 말은 자신만의 것이라고도 했다.

그건 즉, 그런 의미가 아닐까.

어른들에게 말하면 웃을지 모르지만, 그래도…….

"말해주지 않겠어? 미나세."

확인하고 싶어서 다시 물었다.

만약 그녀가 "맞아"라고 대답한다면 나는 울어버릴지도 모른다.

그녀가 어떤 존재인지 정확히는 모르지만, 만약 그렇다면, 나는…….

마치 시간이 멈춰 있는 듯했다. 그녀는 나를 가만히 바라볼 뿐 아무 말도 하지 않았다.

하지만 고요함 속에서도 확실히 시간이 흐르고 있음을, 움직이는 초침 소리로 알 수 있었다.

인간의 심장박동처럼 시곗바늘은 확실히 움직이고 있었다.

슬프게도 죽은 자와는 다르게.

"……아니야."

나를 바라보던 그녀가 한참 뒤 그렇게 대답했다.

"나는 아니야. 왜냐하면……. 진짜 미나세 린은 이미 죽었으니까. 안 그래?"

그녀의 말을 듣자 냉정한 자신으로 돌아왔다.

제멋대로고 한심하지만 낙심한 내가 있었다.

하지만 맞다. 그럴 리가 없으니까. 나는 또 얼토당토않은 꿈을 꾸었다.

어제 본 미나세의 편지도, 내가 잊고 있었을 뿐 어딘가에서 보고 알았을지도 모른다.

무의식이 그 내용을 노릇하게 기억하고 있다가…….

"그렇겠지."

"응, 그래."

"그렇다면 너는 내 무의식이 만든 상상 친구인 거지?"

다시 그녀는 나를 아무 말 없이 바라봤다. 뭔가 망설이는 것 같기도 했다.

그러다가 어느 순간 표정이 달라졌다. 당황스러운 표정으로 웃으며 혼잣말을 중얼거렸다.

"전에는 미처 생각 못 했는데, 이런 식으로 하길 잘한 것 같아."

"응? 지금, 무슨……."

"아니, 아무것도 아냐. 그런데, 히구치……. 내가 상상 친구라면 지금부터 해야 할 일이 있는 거 아냐? 이미 너한 테는 환상 같은 뭔가가 필요 없으니까. 히구치는 이 세계 에서, 사람들 사이에서 살아가야만 하니까."

"사람들, 사이……."

"응. 인간은 사람과 사람 사이에서 살지 않으면 안 돼. 어려운 일도 많고 귀찮은 일도 있겠지. 그래도 사람들 사 이에서밖에 느낄 수 없는, 크나큰 기쁨도 있으니까. 그건 죽은 사람은 줄 수 없어. 살아 있는 사람끼리만 줄 수 있는 거야."

나는 의아했다. 이런 생각이 내 무의식 속에 잠들어 있 었던 걸까.

단지 그녀의 사고가 옳다고 느꼈다.

사람은 혼자 있으면 고독 외에 아무 감정도 느낄 수 없 다. 사람들 속에 있어야 느낄 수 있는 감정이 이 세계에는 수없이 많다. 기쁨도, 고뇌도, 슬픔도, 희망도.

"하긴 그러네. 네가 말한 대로일지도 모르겠어."

"응. 그러니까……. 말해, 히구치. 나랑 확실하게 헤어지 기 위해서."

나는 마음을 굳히고 그녀와 마주했다.

생각해 보면, 그녀와 만난 순간부터 이렇게 될 줄 알고 있었다.

그녀와 나는 함께 있어선 안 된다. 헤어져야 한다.

하지만……. 그 결심이 서질 않았다.

괴롭고 슬퍼도 함께 있는 게 좋았으니까.

나는 그녀와 마주하면서 많은 걸 알게 되었다.

세상에는 어쩔 수 없이 잊히는 것이 있다. 그래도 잊어
선 안 되는 것이 있다. 잊으면 안 되는 일이 수없이 많다.

이른 건지 늦은 건지는 모르겠다. 하지만 이제야 겨우
결심이 섰다.

"안녕. 너를 만나서 행복했어."

내가 이별의 말을 건네자 그녀가 눈을 감았다.

그리고 눈을 뜨더니 어딘가 만족스럽게 웃고는 사랑스
러운 것을 바라보는 눈빛으로 물었다.

"내가 말하게 하고는 이런 말 하기 좀 그렇지만, 내가 없
어도 히구치는 괜찮아?"

그녀는 언제나 그렇게 나에게 마음을 써주었다. 이런
대화도 마지막이 될 것이다.

"애초에 네가 보이는 시점에서 괜찮지 않은 거니까."

"뭐야, 그게."

그녀와 웃고 싶어서 언젠가와 똑같은 농담을 건넸다. 하지만 그녀는 그것을 알아차리지 못한 것 같다. 어쨌거나 웃는 얼굴을 보여줘서 기쁘다.

"솔직히 너를 만나지 못하는 건 괴로워. 슬프고 견딜 수 없어. 하지만 괜찮지 않아도 이 세계에서 살아나가야 하니까."

설령 내가 괜찮지 않더라도 이 세계는 변함없이 움직인다.

빠른 속도로 모든 것을 과거로 만들며 시간은 모든 것을 흘려보낸다.

잘못도. 마음도. 기억도. 친구도.

이런 세계에서도 나는 꿋꿋이 살아가야지.

그녀가 없는, 현실 세계에서······.

내가 결심을 전하자 그녀는 내 눈을 바라보며 말했다.

"이건 내가 실감하는 건데······. 이 세계라는 게 꽤 애매하잖아? 뭐가 옳고 뭐가 그른지 때때로 알 수가 없어. 하지만 망설여질 때야말로 도망치지 말고 자신을 믿었으면 좋겠어. 그러면 히구치는 괜찮을 거야. 분명 어떤 일에서도 답을 찾을 수 있을 테니까."

그렇게 말하더니 그녀는 미나세 본연의 부드러운 표정으로 미소를 띠었다.

"어엿해졌네, 히구치."

내 마음은 비애와도 같은 짙은 감정에 물들려 했다. 그래도 필사적으로 웃음을 지었다.

"고등학생이 되어도 중학생 모습을 한 미나세에게 맨날 혼나지만 말이야."

"무슨, 혼낸 건 아니지 않아?"

우리는 마주 보며 웃었다. 헤어질 때가 가까워졌다는 걸 감지했기 때문일까, 유난히도 더 슬펐다.

헤어짐이 이제 코앞으로 다가왔다.

"아 참!"

그때 문득 그녀가 뭔가 생각난 듯 소리쳤다.

"거기에 있는, 또 한 장의 종이 말인데. 안은 보지 말고 버려줄래? 옛날 거라고는 해도 역시 부끄러우니까. 아니, 그보다 그 종이는 파헤치지 마."

"응? 또 한 장의 종이라니……."

그녀는 책상 위에 있는, 내가 아직 펼쳐보지 않은 종이를 말하고 있었다.

내용을 알고 있는 듯한 말투여서 당혹스러웠다.

"실은 나도 오늘, 마지막으로 어떻게 해서든 히구치에게 전하고 싶은 말이 있었어."

아무 말도 하지 못하고 있는데 그녀가 또다시 미소를 지었다.

"미나세. 너는 역시……."

"히구치, 사랑해. 하지만 사랑하니까 날 과거로 보내줘. 아까 네가 말했듯이, 나한테 확실하게 이별을 말해줘. 네가 누구보다도 행복하길 바라니까."

"기다려, 미나세. 너는……."

"안녕, 히구치. 그럼 이만……. 정말로 안녕."

그 말을 남기고 그녀는 내 앞에서 사라졌다. 교실에 나만 홀로 남았다.

혼란스러웠다.

상상 친구는 내 무의식이 만들어낸 존재다. 나보다 많은 정보를 갖고 있을 리가 없는데 그녀는 또 다른 종이에 쓰인 내용을 알고 있는 것처럼 말했다.

다시 책상 위에 놓인 종이로 눈길을 옮겼다.

아무리 부탁받았다고 해도 미나세의 유품을 버릴 수는 없다. 용서해줘, 하고 마음속으로 사과하면서 종이로 손을 뻗었다. 종이를 펼치고 내용을 확인했다.

10초일까. 아니면 12초일까. 나는 말을 잃었다.

그러고 나서 다음 순간 웃고 말았다.

생각지도 못한 물건과 몇 년이라는 시간을 지나 재회했기 때문이다.

이런 귀여운 걸, 미나세는 소중히 간직하고 있었던가.

그랬다. 잊고 있었다. 미나세는 실은 누구보다 여자애다운 여자애였다.

흐뭇하게 그것을 바라보며 웃고 있는데 나도 모르게 시야가 뿌예지기 시작했다. 눈 안쪽이 아파왔다.

누군가의 목소리도 들려왔다. 오열을 필사적으로 억누르고 있는 목소리다.

아무래도 그건 나였고 흐느껴 울고 있는 듯했다.

꿈을 이룬 나에게. 축하해. 이 종이를 펼쳤다는 건, 그런 거지? 내 가장 소중한 보물은 아쉽게도 사용하지 못하지만 빨리 히구치에게 보여줘.

이제야 비로소 이 글의 의미를 깨달았다.

만약 그렇게 될 수 있었다면 정말로 얼마나 좋았을까.

나도 그렇게 되기를 소망했다. 너와 그렇게 되기를, 나

역시도…….

소리가 새어 나오지 않도록 손으로 입을 틀어막았지만 복받쳐 오르는 감정이 그보다 훨씬 더 컸다.

눈물도 목소리도 막을 수 없었다. 하지만 그때 어떤 생각에 이르렀다.

중학교 시절의 모습으로 내 앞에 나타난 미나세.

그녀는 과연 상상 친구였을까.

진짜 상상 친구는, 예전에 이미 사라진 게 아닐까.

중학생 모습을 한 미나세는, 진짜 미나세이고…….

있을 수 없는 일일지도 모른다. 그래도…….

손에 든 종이 위로 눈물이 뚝뚝 떨어져 내렸다. 낡은 종이가 젖어 들었다.

초등학생 미나세가 어린 마음에 꿈꿨던 소망.

놀이공원에서 뽑은 모조 혼인신고서에는 우리 두 사람의 이름이 각자의 글씨로 적혀 있었다.

지금도 사라지지 않고, 분명하게, 우리는 나란히 그곳에 함께 있었다.

작가의 말

후기에 약간 무거운 내용을 포함하고 있어서, 먼저 사과의 말씀을 드립니다.

일본판 표지 사진을 제공해 주신 @kaji_nori06 씨, 멋진 작품을 만들어주셔서 감사합니다. 작품에 대한 존경과 경의를 잊지 않고 감사한 마음으로 책장에 꽂아두겠습니다.

편집을 맡아주신 두 분에게는 이번에도 큰 도움을 받았습니다. 무척이나 고맙고 마음이 든든합니다. 앞으로도 잘 부탁드립니다.

또한 이 작품의 출간과 판매에 관여해 주신 모든 분에게 감사하다는 말씀을 드립니다.

여러분 덕분에 서점에 책을 진열할 수 있게 되었습니다.

그리고 이 책을 선택해 읽어준 분들에게.

한 분 한 분께 직접 감사 말씀을 전할 수 없기에 이번에도 대신 이 자리에서 머리 숙여 인사드립니다.

제 책을 읽어주셔서 정말 감사합니다.

또 언젠가, 어디선가 만나기로 해요.

이어서 이 작품에 관련된 '후기'입니다.

앞서 언급했듯이 약간 무거운 내용을 포함하고 있으니 여기서 책을 덮으셔도 괜찮습니다. 끝까지 읽어주셔서 감사합니다.

❋❋❋

친한 친구를 TV 화면으로 처음 본 건 초등학교 5학년 때였습니다.

저녁 뉴스 방송에서 같은 학교 친구인 남학생이 교통사고를 당했다는 걸 알았어요.

생각해 보니 가까운 사람의 죽음을 접한 것은 그때가 처음이었습니다.

그로부터 몇 년이 흐른 중학교 2학년 가을, 가정 과목 수업 중에 신문 기사를 선택해서 그 내용에 관해 의견을 적는 시간이 있었습니다.

생각 끝에 저는 선생님의 도움을 받아 친구의 사고 기사를 찾았습니다.

기사를 찾아내 읽고 놀랐던 일을 지금도 또렷하게 기억하고 있습니다.

교통사고의 개요가 간단한 데다 지방지의 작은 지면에 짧은 글로 실려 있었지요.

그 기사를 들여다보면서 결코 이렇게 작은 일이 아니었다는 생각이 들었습니다.

당시에 느낀 서늘함도 공포도, 이해할 수 없었던 울컥한 감정도. 경야 때 친구의 어머니가 아들의 책가방을 끌어안고 울었던 일도. 추모의 말도, 동급생들의 눈물도, 모두가 함께 적었던 편지도.

사람은 이 세계에서 서로 얽혀 살아가고 있습니다.

누군가가 죽었다는 것을 알았을 때, 그 누군가에게는 소중히 길러주신 어머니와 아버지가 있고 형제와 친구가 있으며 연인 또는 반려자, 아이들이 있을지도 모른다는 생각을 떠올리게 됩니다.

기사나 뉴스로는 다 전하지 못하는 슬픔과 회한이 존재한다는 사실에 마음이 젖어 듭니다.

처음에는 교통사고나 그에 따른 신문 기사를 다루는 데 거부감을 느꼈습니다만, 기사에서는 다 적을 수 없는, 마치 날실과 씨실처럼 얽히고설킨 인간관계가 있다는 것을 제 나름대로 써야겠다는 생각에 소재로 삼았습니다.

누군가의 죽음을 알리는 기사와 뉴스를 볼 때면 한순간이라도 거기에는 수많은 사연이 있을 거라고 함께 생각해 주시면 좋겠습니다.

아무쪼록 여러분의 일상이 따사롭고 풍요롭기를 기원합니다.

마지막으로, 개인적인 글을 쓰게 되어 송구한 마음을 전합니다.

이 소설을 제 책장에 남김으로써 초등학교 때 교통사고로 세상을 떠난 친구를, 평생 잊지 않고 살아갈 수 있지 않을까 하고 생각합니다.

나는……. 난 지금도 어떻게든, 이곳에 있어. 너를 기억하고 있어.

너의 어머니와 아버지, 동생에게 쓴 어느 날의 편지 내용은 모두 거짓이 아니야.

너의 다정했던 모습을 존경하고 지금도 잊을 수가 없어.

친하게 지내줘서, 고마워.

이치조 미사키

이별하는
방법을
가르쳐줘

초판 1쇄 발행 2024년 11월 19일
초판 5쇄 발행 2025년 1월 8일

지은이　　　이치조 미사키
옮긴이　　　김윤경

책임편집　　안희주
디자인　　　어나더페이퍼
책임마케팅　최혜령, 박지수, 도우리
마케팅　　　콘텐츠 IP 사업본부
경영지원　　백선희, 권영환, 이기경
제작　　　　제이오

펴낸이　　　서현동
펴낸곳　　　㈜오팬하우스
출판등록　　2024년 5월 16일 제2024-000141호
주소　　　　서울시 강남구 테헤란로 419, 11층(삼성동, 강남파이낸스플라자)
이메일　　　info@ofh.co.kr

ⓒ 이치조 미사키

ISBN 979-11-94293-41-5 (03830)

모모는 ㈜오팬하우스의 출판브랜드입니다.